톨스토이를
읽다

세계문학을 읽다 18

톨스토이를 읽다

김재우·김지원·박종연·송지한 지음

머리말

톨스토이의 작품들은 그의 사후 100년이 지난 지금까지 걸작으로 손꼽히며 교과서에도 수록되고 있다. 그는 뛰어난 소설가일 뿐만 아니라 전 세계 독자들에게 도덕적인 삶을 살도록 가르침을 준다. 톨스토이는 부유한 귀족 집안 출신이었으나 가난하게 살아야 행복할 수 있다며 영지와 저택, 저작권까지 포기하려 했고, 육체적 욕망을 혐오했으나 평생을 육체적 욕망에 깊이 휘둘렸고, 그리스도의 가르침에 따라 살도록 강조했으나 러시아 정교회에서 파문당했고, 당대 최고의 소설가였으나 수많은 예술을 거짓된 것으로 여기며 비판하기도 했다. 이런 톨스토이의 파란만장한 삶과 고뇌가 그의 작품들 속에 고스란히 담겨 있다.

이 책은 청소년들이 톨스토이의 삶과 그의 통찰이 담긴 작품들을 좀 더 쉽게 만나고, 그 속에서 깨달음을 발견할 수 있게 하려는 의도로 쓰였다. '1부. 톨스토이의 삶과 작품 세계'에서는 톨스토이의 소설과 에세이를 중심으로 그의 삶과 고뇌를 일대기 순으로 살펴보고, 그의 사상과 작품이 어떤 연관성을 가지는지 확인한다.

'2부. 톨스토이 작품 읽기'에서는 청소년들에게 권할 만한 톨스토이의 대표작 6편을 소개한다. 톨스토이의 3대 장편인 《전쟁과 평화》, 《안나 카레니나》, 《부활》과 중편 〈이반 일리치의 죽음〉, 단편 〈사람은 무엇으로 사는가〉, 〈무도회가 끝난 뒤〉를 대상으로 했으며, 특별히 단편들은 전문을 번역해 실었다.

크림전쟁에 참전한 자신의 경험을 바탕으로 창작된 《전쟁과 평화》는 러시아와 유럽 문학계에 큰 영향을 준 역사소설로, 비폭력 무저항주의 운동을 이끈 마하트마 간디에게도 깊은 영향을 남긴 작품이다. 《안나 카레니나》는 회심(回心) 직전에 발표된 작품으로, 그의 전기 작품에서 보이는 뛰어난 예술성과 후기 작품의 특징인 도덕관이 동시에 드러나는 작품이다. 《부활》은 회심 이후에 창작한 마지막 장편소설로 러시아 제국 말기의 사회적 모순과 도덕적 타락을 고발하고 회개와 선(善)의 실천을 통해 다시 태어날 수 있다는 그의 사상이 집약된 작품이다.

중·단편 세 편은 회심 이후의 작품 경향을 대표하는 작품들이다. 이때 톨스토이는 작품의 문학성보다는 올바름에 집중했고, 민중을 교화하기 위해 쉬운 단편 위주로 창작했다. 〈사람은 무엇으로 사는가〉는 톨스토이의 그러한 경향을 대표하는 작품으로, 독자에게 삶의 의미는 양심에 따라 행하는 선에 있다는 가르침을 준다. 〈이반 일리치의 죽음〉은 사회적 평판과 체면을 중시하는 이반이 죽어 가는 과정에서 얻은 깨달음을 그린 중편소설로, 평생 안고 있던 삶과 죽음에 대한 고찰에 대해 톨스토이가 내린 답이 담겨 있다. 〈무도회가 끝난 뒤>는 수록된 다른 작품에 비하면 낯설지만, 당시 러시아 정치에 대한 톨스토이의 입장과 톨스토이가 주장하는 바람직한 삶의 모습이 잘 드러나는 작품이다.

톨스토이의 삶에 대한 이해를 바탕으로 시기별 그의 사색과 성찰이 담긴 작품을 읽는다면, 톨스토이가 우리에게 전하고자 했던 작품의 의미와 가치를 좀 더 잘 이해할 수 있을 것이다.

이 책을 쓰는 과정에서 톨스토이의 소설을 읽고 난 후 벅차오르는 감정을 느꼈고, 선하게 살기 위해 노력해야겠다는 생각이 들었다. 비록 우리는 여전히 잘못을 저지르고 실수를 반복하며 이상적인 선에 미치지 못하겠지만, 그럼에도 불구하고 잘못을 뉘우치고 선하게 살고자 하는 노력을 그만둬서는 안 될 것이다.

이 책을 읽고 톨스토이와 그의 작품들에 관심이 생겼다면, 그의 작품들을 한번 읽어보기를 바란다.

차례

01

톨스토이의 삶과 작품 세계

톨스토이의 삶

레프 니콜라예비치 톨스토이(1828~1910). 톨스토이는 문학가로서, 예술가로서, 사상가로서, 종교인으로서, 남편으로서, 아버지로서, 그리고 인간으로서 끊임없이 세상의 진리를 고민하고 도덕적 완성을 위해 자신을 해체하고 조립한 사람이다.

그가 활자라는 도구로 세상을 향해 외치고 토해 낸 창작의 산물, 그것을 소개하기 위해서 우리는 먼저 그의 삶을 한번 들여다볼 필요가 있다. 그의 모든 경험이 세상의 사상과 진리를 탐구하는 자양분이 되었기 때문에, 톨스토이 문학에 대한 탐구는 톨스토이의 삶에 대한 탐구가 우선되어야 한다.

그래서 지금부터 톨스토이의 생애를 간략하게 제시하고, 그 과정마다 톨스토이가 인생의 진리를 찾기 위해 어떤 고민을 했는지 짚어 보고자 한다.

1. 경제적 부유함 vs 가족의 상실

톨스토이는 1828년 9월 9일 러시아 툴라에서 약 12킬로미터쯤 떨어진 야스나야 폴랴나에서 니콜라이 일리치 톨스토이 백작과 톨스타야 부인의 넷째 아들로 태어났다. 부유한 귀족 집안에서 태어났지만 2세(1830년)에 어머니를, 9세(1837년)에 아버지를 잃는다. 1838년에는 할머니마저 하늘나라로 떠나고 만다. 아버지가 죽고 나서 한동안 고모가 오누이들의 후견인으로서 소송 사건과 재산 관리를 해 주었는데, 고모마저 톨스토이가 13세이던 1841년에 세상을 떠났다.

이렇듯 톨스토이는 경제적으로는 풍족했지만 그런 환경과는 별개로 어린 나이부터 가족을 잃는 경험을 하며 세상을 알아 가기 시작했다. 다행히 또 다른 고모가 후견인이 되어 주었다. 그 고모의 남편인 유시코프 백작은 볼가 강변에 있는 카잔이라는 도시의 지주였는데, 그래서 톨스토이 형제는 이후 카잔에서 살게 된다. 카잔에는 러시아에서 손꼽히는 대학교 가운데 하나인 카잔대학교가 있었는데, 이는 톨스토이 형제들이 카잔으로 옮겨 간 중요한 이유였다.

톨스토이의 어린 시절 꿈은 외교관이었다. 그래서 그는 카잔대학교 동양학부에 진학하기로 마음먹는다. 톨스토이는 열네 살 때 카잔대학교 입학시험에 대비하여 가정교사의 지도를 받았고, 뒤

르키예어를 비롯하여 아라비아어, 프랑스어, 독일어, 영어를 어느 정도 구사할 수 있었다. 하지만 외국어 이외의 역사, 지리 과목에서 낙제점을 받아 입학시험에 두 번이나 떨어지고 만다. 그러다 세 번째 시험에서 통과하여 입학할 수 있었는데, 카잔대학교 동양학부 아라비아·튀르키예어과 학생이 된 톨스토이는 번번이 강의를 빠지고 시험을 치르지 못해 법학과로 전공을 바꾸어야 했다. 대학교에 입학하고 나서도 역사 과목에 흥미가 없던 톨스토이는 역사를 '우화와 쓸데없는 자질구레한 사건과 숫자, 고유명사의 나열'일 뿐이라며 빈정대었고, 대학을 '학문의 무덤'이라고 비난하는 등 대학 공부에 관심을 붙이지 못했다.

톨스토이 형제들에 대한 평가를 보면 그의 대학 생활이 어땠는지 더욱 잘 알 수 있다.

> 셀쥬는 의욕적이고 성적도 좋다. 드미트리는 의욕은 있으나 성적이 좋지 않다. 레프는 의욕도 없고 성적도 나쁘다.

의욕도 없고 성적도 나빴던 톨스토이는 이때의 삶을 스스로 '청년기의 사막'이라고 이름 붙였다. 다행히 그의 재능을 알아본 법학과의 메이엘이라는 조교수가 그에게 연구를 맡겼는데, 이때 톨스토이는 프랑스 계몽사상에 관심을 가지게 된다. 특히 루소에게 끌린 그는 '자연으로 돌아가라.'라는 루소의 사상에 깊이 빠져들어

대학의 커리큘럼을 형식적인 것으로 여기게 된다. 대학이 인간의 자유롭고 창의적인 생각을 억압한다는 결론을 얻은 톨스토이는 결국 1847년(19세)에 카잔대학교를 중퇴한다.

형제들과 유산을 나눌 때 야스나야 폴랴나의 영지와 농노를 상속받기로 했던 톨스토이는, 대학교를 중퇴하고 5월에 야스나야 폴랴나로 돌아가 영어와 음악 공부를 하며 농지 경영에도 힘썼다. 이 과정에서 독서와 음악 감상, 사색을 즐기며 문학가가 되기 위한 자양분을 쌓는다.

그런데 예부터 지주를 믿지 않던 농노들과 자신의 미숙함 때문에 농지 경영의 이상적 목표를 달성하기 힘들었고, 그러면서 톨스토이는 도박에 빠져 많은 돈을 잃었을 뿐 아니라 방탕한 생활을 이어 가게 된다.

2. 전쟁 속에서 피워 낸 예술의 꽃망울

1851년, 스물세 살의 젊은 나이에 인생의 권태기에 빠져 있던 톨스토이는 갑자기 맏형 니콜라이를 따라 군대에 입대하기로 결심하고 캅카스로 간다. 그리고 사관후보생으로 전쟁에 나가 틈틈이 쓴 글을 잡지에 발표하는데, 그것이 바로 그의 첫 작품인 《유년 시절》(1852)이다. 이 작품은 발표되자마자 좋은 평가를 받았는데, 당시 유명한 작가였던 투르게네프와 도스토옙스키도 그의 정체를 궁금해할 정도였다.

1854년 1월에는 두 번째 작품인 《소년 시절》을 탈고했다. 그는 전쟁 중에 작품을 쓸 정도로 문학에 빠져 있었지만, 한편으로는 도박과 여자에 정신을 빼앗기는 등 여전히 방탕한 습관을 버리지 못했다. 그러던 중 소위로 승진하여 11월에 세바스토폴에 부임하면서 전쟁의 최전방에 배치되어 프랑스군의 포화를 겪게 된다. 그는 전쟁의 참상을 몸소 경험하며 이를 소재로 한 단편 〈12월의 세바스토폴〉, 〈5월의 세바스토폴〉, 〈8월의 세바스토폴〉을 연이어 발표한다. 특히 〈12월의 세바스토폴〉을 읽은 러시아 황후는 눈물을 흘렸고, 황제는 감동하여 프랑스어로 번역하도록 지시했다고 한다. 이러한 명성이 온 나라에 퍼지자 톨스토이는 문학이 자신의 천직이라고 느끼게 된다. 다만 톨스토이는 군인으로서의 경험도 매우 긍정적으로 생각했는데, 그의 일기에서 이를 확인할 수 있다.

> 계속 진지에서 버티고 있다. 여기가 썩 마음에 든다. (중략) 항상 위험이 뒤따른다는 것은 매력적이다. 함께 싸우고 있는 병사들과 수병들의 움직임, 그리고 전투 상황을 지켜보는 것도 재미있다. 나는 더더욱 이곳을 떠나기가 싫다.

톨스토이는 세바스토폴이 함락된 후 1856년 11월에 제대한다.

3. 고뇌, 번민, 쾌락의 굴레

톨스토이가 제대 후 상트페테르부르크로 돌아갔을 때, 그는 이미 유명 작가였다. 그리고 이때부터 그는 작가 생활에 전념한다. 1856년에는 〈눈보라〉, 〈두 경기병〉, 〈지주의 아침〉 등을 발표했고, 1857년에는 〈루체른〉, 〈알베르트〉, 《청년 시절》을 발표하는 등 창작 활동을 이어 나갔다.

그 후 그는 프랑스, 스위스, 독일 등을 여행했는데, 1857년 4월 6일 파리에서 사형 집행 광경을 보고 큰 충격을 받는다. 그때의 충격을 그는 〈참회록〉에서 이렇게 밝히고 있다.

> 살찐 하얀, 건강한 목과 가슴. 성서에 입맞춤. 드디어 죽음. 이 무슨 난센스냐? (중략)
>
> 나는 머리가 잘려 바구니 안으로 떨어지는 것을 본 순간, 현행의 질서에 근거를 마련해 줄 타당한 이론이 있다 하더라도, 이러한 행위를 정당화할 수 없다는 것을 온몸으로 깨닫게 되었다. 설령 전 세계의 인류가 어떤 이론에 근거해서 이런 행위가 필요하다고 인정한다고 하더라도 나는 여전히 그것을 '악'이라고 규정할 것이다. 선과 악을 결정하는 것은 타인의 말이나 행동이 아니라 나의 마음에 달려 있기 때문이다.

사형수의 죽음을 통해 선과 악에 대한 고민에 빠진 와중에 단편

〈세 죽음〉, 〈알베르트〉, 〈가정의 행복〉을 발표했지만, 성과가 신통치 않자 그는 야스나야 폴랴나로 돌아가 학교를 열어 농민을 위한 교육 사업에 몰두했다. 이 학교는 그가 부정적으로 여기던 기존의 학교와는 달리 입학과 퇴학도 자유로웠고 커리큘럼도 없었다. 톨스토이는 엘리트가 민중에게 그들의 지식이나 잘못된 인식을 강요하는 것이 옳지 않다고 생각했다.

1860년에 톨스토이는 심리적으로 큰 충격을 받는데, 바로 맏형 니콜라이의 죽음 때문이었다. 이는 톨스토이가 유년기에 겪었던 부모님의 죽음과 달리, 성인이 되어 경험한 정신적 지주의 상실이었다. 톨스토이는 형의 죽음을 겪으며 삶과 죽음에 관해 끊임없이 사유하게 되었다.

이 무렵 톨스토이는 잠깐의 유럽 여행을 다녀온 뒤 '농지 조정 위원'에 임명된다. 당시 지주들은 톨스토이가 위원으로 임명되는 것에 거세게 반대했는데, 왜냐하면 그가 늘 지주와 국가 권력에 맞서 농민의 편이자 민중의 옹호자 역할을 해 왔기 때문이었다. 그는 자신의 조정 담당 구역에 초등학교를 설립하는 등 농민 편에서 자신의 교육관을 주장하고 실천했다.

그러던 그는 1862년에 잡지 발행을 위해 모스크바에 갔을 때 또다시 도박에 손대어 돈을 다 잃고 만다. 그리고 사교계의 즐거움도 멀리할 수 없었다. 그는 일기에 자신을 괴롭히는 세 가지 악마를 이렇게 적었다.

도박 – 가능한 싸움

성욕 – 매우 곤란한 싸움

허영심 – 가장 무서운 싸움

결국 그는 노름빚을 지고 그 빚을 갚기 위해 단편 〈카자크인들〉(1863)을 완성해서 출판업자 카토코프에게 넘겨주고 말았다.

4. 안정 속에서 탄생한 대작

1863년 9월 23일, 35세의 톨스토이는 16세 연하인 소피아 안드레예브나 베르스와 결혼한다. 이전까지 건강도 좋지 못했고, 경찰이 그의 학교를 수색한 일 때문에 마음이 좋지 않았는데, 결혼하고 나서는 마음의 안정을 찾는다. 소피아는 헌신적으로 톨스토이를 사랑했을 뿐 아니라 작품 창작도 도왔다.

톨스토이는 소피아의 내조 속에서 《전쟁과 평화》, 《안나 카레니나》 집필에 전념할 수 있었다. 톨스토이가 《전쟁과 평화》를 구상하기 시작한 것은 1856년 무렵이다. 1855년 왕위에 오른 알렉산드르 2세가 특사령을 내림으로써 30년 동안 시베리아에서 귀양살이하던 데카브리스트들이 본토로 돌아올 수 있었다. 데카브리스트는 러시아 제국에서 입헌군주제와 농노제 폐지 등 자유주의 사상을 실현하고자 떨쳐 일어난 청년 장교들을 말하는데, 여기에 톨스토이의 친척도 속해 있었다.

톨스토이는 데카브리스트 사건을 작품화하기 위해 데카브리스트가 참전했던 나폴레옹에 대한 저항 전쟁인 '조국전쟁'을 1부로 다루게 되었다. 즉 1부는 1805년부터 1812년까지, 2부는 1825년의 데카브리스트 사건, 3부는 데카브리스트의 귀환으로 소설을 기획했던 것이다. 하지만 1부를 쓰는 데만 6년(1863~1869)이 걸렸고, 이것이 바로《전쟁과 평화》이다. 그리고 2부와 3부는 끝내 쓰지 못했다.

톨스토이는《전쟁과 평화》를 쓰는 중이던 1866년 7월에 중대장을 구타한 죄로 군사 재판을 받게 된 '샤브닌'이라는 병사의 변호를 맡는다. 스스로 나서서 맡은 것은 아니었지만, 톨스토이는 변호하는 데 꽤 힘을 썼다. 그러나 샤브닌은 결국 사형선고를 받고 만다. 톨스토이는 비류코프에게 보낸 편지에서 이 사건에 관해 다음과 같이 말했다.

> 그 사건은 내가 삶에서 중요하다고 여기는 여러 가지 것들, 즉 재산의 상실이나 회복, 문학적인 성공이나 실패, 나아가서는 가까운 친척의 죽음보다도 훨씬 큰 영향을 나에게 끼쳤습니다.

톨스토이는 샤브닌의 사형선고를 막지 못한 것에 무력감을 느꼈던 듯하다. 게다가《전쟁과 평화》를 완성하고 나서 생긴 마음속

허전함을 메우기 위해 톨스토이는 다시 철학과 교육에 매달린다.

그는 엘리트와 민중이 사이좋게 읽을 수 있는 책, 모든 문제의 본질을 다루면서 도덕 교육까지 할 수 있는 책을 만들기 위해 4년을 매달렸다. 그 결과로 《초등교육 독본》(전 4권)을 세상에 내놓았는데, 처음에는 별 반응이 없었으나 다양한 수업 방법과 강연을 통해 점차 좋은 평가를 얻었다. 연달아 출판한 《새 초등교육 독본》과 《러시아말 교본》은 교육부 추천 도서가 되기도 했다. 훗날 톨스토이는 이 일을 《전쟁과 평화》를 쓴 것보다 더 자랑스럽게 생각한다고 말한 적이 있다.

1872년 1월 8일, 이웃 마을의 지주 비류코프와 알고 지내던 상류사회 여성이 화물 열차에 몸을 던져 자살하는 사건이 일어났다. 이 사건은 톨스토이가 《안나 카레니나》를 창작하는 데 큰 영감을 주었다. 이 작품 역시 완성되기까지 만 4년이 걸렸는데, 《전쟁과 평화》만큼이나 좋은 평가를 받으며 큰 인기를 얻었다.

5. 번민에 대한 답, 신앙

겉으로는 톨스토이가 작가로서 큰 명성을 얻고 화목한 가정의 가장으로서 행복한 삶을 누리고 있는 것처럼 보였으나, 사실 《안나 카레니나》를 쓰기 이전부터 그의 마음은 번민에 빠져 있었다.

1872년에 톨스토이는 아내인 소피아에게, 자신이 가진 모든 것을 팔아 영국에 가서 살고 싶다는 이야기를 꺼낸다. 그러나 소피아가 이를 내켜 하지 않고 슬퍼하자 톨스토이는 1873년에《안나 카레니나》 창작을 시작했다. 그로부터《안나 카레니나》 완성에 이르기까지 톨스토이는 수많은 고민과 정신적 고통 때문에 점점 삶의 의욕을 잃어 가고 있었다. 그는 당시의 심정을 〈참회록〉에서 이렇게 밝혔다.

나는 50세도 되지 않았다. 사랑하고 있었고 사랑받고 있었다. 나는 사랑스러운 자식과 드넓은 영지, 명성과 건강을 지녔기에 육체적으로나 정신적으로 활력이 있었다. 그런데 한순간 내 삶이 멈춰 버렸다. 숨쉬고 먹고 마실 수는 있었지만, 그것은 살아 있는 것이 아니었다. 나는 내가 더는 바라는 것이 없다는 것을 알았다. 진리 추구를 바랄 수도 없는 형편이었다. '인생은 광기'라는 것이 진리였다. 심연에 이르러서, 내 앞에는 죽음 외에는 아무것도 없다는 것이 뚜렷해졌다. 나를 인생 밖으로 밀어내려는 힘이 나보다 강했다. 그것은 전에 느껴 본 적 있는 인생에 대한 갈망과도 같은 것이었다. 나는 이 갈망에 사로잡히지 않도록 대책을 세워야 했다. 행복했던 나는 스스로 밧줄을 숨겼다. 저녁이 되면 혼자서 옷을 벗는 거실의 옷장 사이 들보에 목을 매달지 않기 위해서였다. 40년 동안 한 일과 고통과 발전…… 그러나 결국 아무것도 없다는 것을 알게 되다니! 아무것도 없다. 내 뒤에는 썩은

> 고기와 구더기밖에 남지 않으리라. (중략) 우리는 인생에 취해 있을 동안만 살 수가 있다. 그러나 그것에서 깨어나자마자 모든 것은 엉터리이며 어리석은 기만에 지나지 않는다는 것을 알게 된다. (중략) 예술은 인생의 거울이다. 삶에 아무런 뜻이 없어진다면 거울 놀이도 더 이상 아무런 가치가 없다.

이 같은 심리적 절망감에서 벗어나지 못했더라면 톨스토이는 자신의 삶을 육체적으로든 정신적으로든 내던져 버릴 수밖에 없었을 것이다. 그렇다면 톨스토이는 무엇으로 이를 극복했을까?

톨스토이는 자신을 구할 수 있는 것은 신앙이라고 생각했다. 이는 그가 민중의 삶을 관찰하며 얻은 결론이었다. 그래서 1877년부터 2년 넘게 자기가 속한 러시아 정교회 교리를 연구하기 시작했다. 이 과정에서 그는 온갖 종교적 의식과 행사에 참여했으며, 충실한 그리스도교 신자로 살아가고자 속세를 떠나 수도사가 될 결심까지 했다고 한다. 그러다 그는 문득 러시아 정교회의 가르침과 성서의 진리 사이에 차이가 있음을 깨달았다. 그는 당시 정교회가 전쟁과 사형 같은 문제를 의식적으로 회피하고 있다고 생각했다. 이후 톨스토이는 《교의신학 비판》(1880), 《요약 복음서》(1881) 등을 저술하며 당시 교회의 가르침이 복음서와 일치하지 않는다는 사실을 드러냈고, 《나의 신앙은 어디에 있는가》에서 신앙에 대한 자신의 생각을 밝히기도 했다.

나는 기독교 교리를 믿는다. 인류가 이 교리를 모두 실천한다면 세상 사람들 모두가 행복해질 것이라고 나는 믿는다.

그리고 그는 이러한 교리를 실천하기 위해서는 인간의 이성이 중요하다고 말하면서, 이성을 통한 교리의 실천이 곧 인간에 대한 사랑이라고 강조했다. 이와 관련해서 톨스토이는《인생론》에서 파스칼의 말을 인용하여 이렇게 말했다.

인간은 단지 갈대에 지나지 않는다. 자연 속에서도 가장 연약한 존재이다. 그러나 인간은 생각하는 갈대이다. (중략) 우리의 존엄성은 사고할 수 있다는 데서 비롯한다. (중략) 그것이야말로 도덕의 근원이다. 사랑은 인간의 유일한 이성적 행위이다. 사랑은 가장 이성적이고 빛나는 정신 상태이다. 이성만이 사랑을 성장하게 한다. (중략) 사랑은 실제 선이며 최고의 선으로서, 인생의 모든 모순을 해결해 주고 죽음의 공포를 없애 줄 뿐 아니라 남을 위해서 희생하도록 한다. 왜냐하면 사랑하는 사람을 위해서 자기 생명을 바치는 것 이상의 사랑은 없기 때문이다. (중략) 또 진실한 사랑은, 자기 혼자서는 행복을 얻을 수 없다는 것을 이해할 때만 실현되는 것이기 때문이다.

톨스토이에게 사랑은 인간의 이성이 명령하는 최고의 도덕 법칙이었다. 인간은 이성을 통해 타인에게 봉사하는 사랑의 삶을 살

때 비로소 '이성적인 존재'가 된다는 것이다. 그러므로 톨스토이는 예수 그리스도의 도덕적 가르침을 부정한 것이 아니라, 진정한 신앙의 실천은 바로 진정한 사랑을 실천하는 것이라는 이성과 신앙의 조화를 강조한 것이다.

6. 세상을 향한 외침과 가족과의 불화

톨스토이는 1891년 1월 모스크바의 실태 조사를 맡아 가장 가난한 지역을 조사하게 되었다. 서민들의 가난과 처참한 현실을 마주한 그는, 조사한 내용을 바탕으로 논문을 써 신문에 발표하기도 하고, 가난한 이들을 위해 기부금을 모으는 일도 했다. 하지만 그런 것들로는 그들이 처한 근본적인 문제를 해결할 수 없었다. 그는 부자들의 사치스러운 삶과 그것을 방관하고 조장하는 국가, 교회, 학문, 예술 등이 문제라고 생각했다. 톨스토이는 이에 대한 자신의 생각을 〈그러면 우리는 무엇을 할 것인가〉라는 글에 담았는데, 이 글은 러시아 당국의 발표 금지령 때문에 잡지에 실리지 못했다.

이 시기에 '톨스토이주의'라 불리는 그의 사상이 정립되기 시작한다. 톨스토이는 무저항주의를 통해 모든 형태의 폭력, 전쟁, 징병, 국가 권력의 강제력을 거부하고, 악은 오직 사랑과 관용으로만 극복될 수 있다고 여겼다. 사치, 허영, 낭비적인 귀족 생활을 비판하고, 소박한 생활과 육체노동의 가치를 중시했다. 그리고 토지 소유와 사유재산 제도를 인간이 서로를 착취하게 되는 근본적인 원인으로 여겨 이를 비판했을 뿐 아니라, 자신의 작품들에 대한 저작권을 포기하고 재산을 가난한 사람들에게 나눠 줄 생각까지 하게 되었다. 또한 그가 판단하기에 타락한 그리스도교인 러시아 정교회를 배제하고 예전의 그리스도교에 복귀하고자 했다. 종교뿐만 아니라 인간의 자유를 억압하는 국가 자체를 부정하는 무정부주의를 추구했고, 이러한 그의 생각은 앞서 말한 '사랑의 윤리'에 바탕을 둔 것이었다.

다만 이러한 톨스토이의 사상과 행동을 그의 아내인 소피아는 이해하지 못했다. 심지어 톨스토이가 러시아 정교회에 대한 불신을 이야기하자 적대감을 보이기도 했다. 가정을 관리해야 하는 아내 입장에서는 불평등한 사회를 증오하고 자기 재산까지 죄악으로 여기는 톨스토이가 못마땅할 수밖에 없었던 것이다. 그래서 소피아는 톨스토이에게 톨스토이 가문의 모든 재산을 자신이 관리하게 해 달라고 했고, 툭하면 아내와 싸우던 톨스토이는 1884년 6월에 집을 나가기까지 한다. 그러다 결국 1886년에 톨스토이는 아내가 관리하던 재산을 아내와 자식들에게 나누어 주고, 전집의 출판 권리도 아내에게 넘겼다.

이후에도 톨스토이와 소피아는 중편소설 〈크로이체르 소나타〉의 내용이 결혼 생활의 불만을 드러낸다는 소문, 〈크로이체르 소나타〉의 출간에 관한 문제를 소피아가 마음대로 나서서 처리한 사건 등을 통해 사이가 더 나빠진다. 그러다 1891년 3월 톨스토이가 저작권을 공개하겠다고 선언하고 부동산 전부를 가족에게 나누어 주자 둘 사이의 갈등은 절정에 이른다. 소피아가 저작권 공개만은 결사적으로 반대했기 때문에, 톨스토이는 1881년 이후의 작품들만 무상으로 공개하겠다고 선언했다.

그런 와중에도 톨스토이는 1891년에서 1892년에 걸친 러시아의 대흉년 때문에 굶주리던 민중들을 위해 팔을 걷어붙였다. 이때 무료 급식소를 운영하고 민중을 구하자는 내용의 논문을 썼는데, 이미 러시아 정부에 미운털이 박혀 있었기 때문에 논문 발표가 금지되었고 교회마저 톨스토이를 비난했다. 그런데 그동안 사이가 좋지 않던 아내가 이때 톨스토이를 돕기 위해 '러시아 통신'에 편지를 보냈는데, 그 편지가 지면에 실리게 된다. 그 편지를 본 사람들이 기부금을 전달했고, 영국과 미국에서도 구호물자를 보내 주었다.

1890년부터 톨스토이는 빈민 구제 활동과 사회 현실의 모순을 지적하는 논문을 쓰는 데 힘을 쏟았다. 그는 논문에서 '정부는 부자를 위해 가난한 민중을 억압하는 부도덕한 기관이고, 군대와 재판소, 세금 등은 그것을 유지하기 위한 악'이라고 했다. 그리고 그 악에 맞서 비폭력적인 저항을 하자고 주장했다. 군대를 악으로 보는 관점은 병역을 거부하자는 주장과 일맥상통했다. 당시 러시아의 기독교 종파 가운데 하나였던 두호보르파의 신자들은 러시아 정교회에 반기를 들고 평화주의를 주장하며 군 입대를 거부했고, 정부는 이들을 탄압했다. 톨스토이는 정부에 대항하여 이들의 해외 이주를 도울 돈을 마련하기 위해 《부활》을 쓰게 되었다. 앞서 톨스토이가 1881년 이후에 발표한 작품들에 대해서는 저작권료를 받지 않겠다고 했는데, 이들의 이주를 위해 자신이 정한 원칙을 깰 수밖에 없었다.

한편, 《부활》에 러시아의 법원과 교회를 비판하는 대목이 있다고 여긴 러시아 정교회는 1901년 톨스토이를 파문했다. 하지만 그럴수록 대중들은 톨스토이를 더욱 지지했으며, 톨스토이가 가는 거리 곳곳마다 그를 향한 박수와 열렬한 환호성이 가득했다. 그러나 세상을 향한 치열한 투쟁 속에서 톨스토이의 건강은 점점 쇠약해지고 있었다. 그러한 와중에도 톨스토이는 멈추지 않았다. 톨스토이가 바란 무저항주의적 혁명은 성공의 빛이 비치지 않았으나, 톨스토이는 '움직임이 곧 생명이고, 신이고, 도덕적 완성을 위한 길'임을 잊지 않고 있었다.

곳곳에서 편지가 날아들었다. 사람들은 편지를 보내 톨스토이를 지지했고, 그의 의견을 묻거나 힘을 보태 달라고 요청하는 한편, 그를 비난하는 사람들도 있었다. 세상 사람들에 대한 그의 영향력은 커져 갔으나 가정에서만큼은 그렇지 못했다. 그의 아내는 《부활》의 저작권료를 종교 집단을 위해 사용하는 것을 이해할 수 없었다. 그 때문에 톨스토이는 아내와 많이 다투었고, 가족들도 그를 노망난 늙은이로 치부했다. 집 밖에서는 민중의 스승, 성인군자, 예언자로 불렸지만, 자신과 가장 가까운 사람들에게 인정받지 못하면서 톨스토이는 정신적으로 고립되어 갔다.

7. 초록 막대기와 함께하는 영원한 안식

1910년 10월 28일 이른 새벽, 톨스토이는 편지 한 통을 남기고 조심스레 집을 나선다.

> 나의 가출이 당신을 슬프게 할지도 모르겠소. 참으로 안타까운 일이지만, 이 길 말고는 다른 방법이 없음을 이해해 주시오. 나는 정말 더 이상 견딜 수가 없소. (중략) 나는 지금까지 그랬던 것처럼 사치스러운 생활을 더는 계속할 수가 없소. 그래서 나와 같은 또래의 노인들이 흔히 하는 일을 하려고 하오. 말하자면 내 삶의 마지막 나날을 호젓하고 조용하게 지내기 위해 속세를 떠나겠소.

톨스토이는 집을 나와 옵티나 수도원 객사에서 하루를 머물렀다. 다음 날 누이동생인 마리아가 수녀로 있는 샤모르디노 수녀원으로 가서 그 근처에 집을 빌려 지낼 생각이었다. 그런데 그의 둘째 딸 알렉산드라가 그를 찾아와 '어머니가 쫓아오고 있다'고 이야기해 준다. 톨스토이는 아내를 피하기 위해 무작정 동쪽으로 가는 기차를 탔다. 그런데 얼마 못 가 폐렴으로 고열에 시달리다가 어쩔 수 없이 아스타포보 역에 내리게 된다. 아스타포보 역장이 살던 관사에서 사경을 헤매는 동안 아내 소피아가 첫째 딸 타티야나와 함께 뒤늦게 그곳에 도착한다. 톨스토이는 혼수상태가 되기 전 첫째 딸에게 엄마의 건강을 물었고, 소피아는 톨스토이가 의식을 잃자 그에게 다가가 그가 자신의 유일무이한 사랑이었다는 말을 전한다. 1910년 11월 7일, 위대한 톨스토이는 82세의 나이로 그렇게 숨을 거뒀다.

톨스토이의 장례식은 종교적 의식 없이 거행되었다. 러시아 정교회가 허락하지 않았기 때문이다. 영구가 이동할 때 그를 애도하기 위해 수많은 사람이 모였고, 그의 유언에 따라 그는 '스타르이 자카즈'라는 숲속에 묻혔다. 어린 시절에 톨스토이는 그의 맏형인 니콜라이를 잘 따랐는데, 니콜라이가 톨스토이에게 '이 숲속에 질병이나 불쾌감을 없애고 그 누구도 화를 내지 않고 서로 사랑하게 하는 신비한 능력의 초록 막대기를 묻어 두었다.'라고 말해 주었다고 한다. 톨스토이가 그곳에 묻히려고 했던 이유는 아마도, 그가 평생 동안 추구했던 '서로 사랑하는 삶'이라는 진리를 찾았기 때문에, 혹은 끝까지 찾기를 바랐기 때문이었을 것이다.

톨스토이의 작품 세계

앞서 살펴본 톨스토이의 생애에서 가장 중요한 두 가지 사건을 꼽자면, 소피아와의 '결혼'과 1878년에 맞이한 '번민의 시간'을 들 수 있다.

톨스토이는 나이를 먹을수록 '도덕적으로 완성된 삶'을 살고자 했다. 그리고 그런 삶을 위해서는 민중의 처참한 삶과 비교되는 교회 성직자들의 부유함을 외면할 수 없었다. 그렇다고 이를 옹호하는 사회 체제에 대한 비판을 멈출 수도 없었다. 이는 대중 혹은 일반적인 사람들이 생각하는 '자연스럽고 평범한 삶'과는 전혀 달랐다. 톨스토이는 성공한 문학가였기에 도덕적인 삶에 대한 욕구만 버린다면 자연스럽고 편안한 삶, 풍요로운 삶을 살 수 있었을 것이다.

톨스토이가 '자연스럽고 평범한 삶'을 위해 택한 것이 바로 '결혼'이었다. 하지만 결혼하고 나서도 도덕적 삶에 대한 갈망은 사라지지 않았고, 그로 인해 결국 '번민의 시간'을 겪게 된다.

이러한 톨스토이의 삶에 대한 태도에 따라 그의 작품 세계를 세 시기로 구분하기도 한다. 첫 번째는 '자연스럽고 평범한 삶'을 살고자 하는 마음이 더 컸던 시기인데, 그의 첫 작품인 《유년 시절》 집필에서부터 결혼하기 전까지의 초기 습작기(1851~1863)가 이에 해당한다. 두 번째는 '자연스럽고 평범한 삶'과 '도덕적인 삶'이 조화를 이루는 시기(1863~1877)로, 이때 그의 대표작인 《전쟁과 평화》, 《안나 카레니나》가 발표되었다. 세 번째는 '도덕적인 삶의 완성'에 대한 갈망이 강했던 시기로, 톨스토이가 '번민의 시간'을 거치고 나서 〈참회록〉, 〈나의 신앙은 무엇인가〉, 《부활》 등을 발표했던 때이다.

이렇게 시기를 나누었지만, 어떤 시기에는 톨스토이가 예술성이 높은 작품을 쓰는 데 주력했고, 어떤 시기에는 사상적인 면을 강조하기 위해 작품을 썼다는 이분법적인 평가를 위한 것은 아니다. 톨스토이는 19세기 러시아 리얼리즘 문학의 예술적 완성을 이룩한 작가이다. 리얼리즘 문학은 현실을 있는 그대로 모사하여 사물의 본질과 그 내면의 의미를 포착하려는 경향을 가진 작품들을 말한다. 그가 위대한 예술가로 불릴 수 있는 이유는, 인간과 사회의 관계에 대한 예리한 통찰과 앞서 말한 정신적 고민들을 적절하게 융합하여 예술성이 뛰어난 작품을 창작했기 때문이다.

그러므로 우리는 톨스토이의 작품을 이해하기 위해서 예술적인 측면과 사상적인 측면을 나누어 평가하기보다 두 가지가 어떻게 자연스럽게 융합되어 있는지를 살펴볼 필요가 있다. 예를 들어,

톨스토이는 대표적인 예술 기법으로 '낯설게 하기'를 자주 사용했는데, '낯설게 하기'는 일상적이고 익숙한 대상이나 장면을 낯설게 표현함으로써 새로운 느낌을 주는 기법이다. 《전쟁과 평화》의 오페라 관람 장면 묘사에서 배우들이 하는 행동을 인형들의 장난처럼 묘사한 것, 《안나 카레니나》의 여주인공 안나가 모스크바에서 브론스키를 만나고 돌아온 후 마중 나온 남편의 귀를 보고 낯설어하는 장면 등을 들 수 있다.

> 기차가 멈춘 뒤 상트페테르부르크역 플랫폼에 내렸을 때, 맨 처음 그녀의 눈에 확 들어온 것은 남편의 얼굴이었다.
> '어쩌면 좋아! 어째서 저이의 귀는 저렇게 생겼을까?'
> 남편의 냉랭하고 당당한 풍채를 보고, 특히 지금 새삼스럽게 그녀를 놀라게 한 귀(둥근 모자의 차양을 떠받치고 있는 귀의 연골 부분)를 바라보면서 그녀는 이렇게 생각했다.

오랜 세월을 함께한 남편의 귀를 새삼스레 낯설어하는 아내. 이는 아내의 변화된 심리를 보여주며 동시에 부부 관계에 큰 변화가 생길 것임을 암시한다. 이러한 문학적 기법에서 우리는 톨스토이의 사상도 엿볼 수 있다. 기존의 정치, 사회, 종교, 문화를 새롭게 바라보고자 하는 태도는 곧 톨스토이의 무정부주의, 러시아 정교회에 대한 비판, 기존 사회 체제에 대한 혁신이라는 사상과 연결된다.

그러므로 우리가 톨스토이의 작품을 제대로 이해하려면 예술적인 측면과 사상적인 측면이 서로 연결되어 있다는 인식을 가지고 감상하는 것이 좋다. 그래야 사상가이자 문학가인 톨스토이의 작품 세계에 다가갈 수 있을 것이다.

이제 위에서 얘기한 내용 가운데 톨스토이의 작품 세계를 대표할 만한 키워드를 뽑아 하나씩 자세히 살펴보자.

1. 리얼리즘

톨스토이는 문학을 통해 일상의 형식적인 것들을 부정하고 인간의 거짓, 허위, 가식, 기만 등을 벗겨 내고자 했다. 레닌이 "톨스토이 이전에 진정한 농민의 모습을 그린 작가는 없었다."라고 말한 것처럼, 톨스토이는 제정 러시아에서 혁명이 준비되던 시기를 적확하게 묘사하면서 그의 문학과 사상을 사회 혁명에 녹여 냈다.

19세기 러시아 리얼리즘은 낭만주의에 대한 반발로 등장했는데, 사회 현실을 객관적이고 사실적으로 묘사하는 것이 특징이다. 당시 러시아 사회의 정치적 억압, 농노제의 폐단, 급격한 사회 변화 등을 반영하고, 사회 부조리에 대한 비판 의식을 드러내는 작품들이 이에 속한다. 또한 인간의 내면 심리에 대한 탐구와 사회적 환경이 개인에게 미치는 영향에도 관심을 가졌다.

톨스토이는 이러한 19세기 러시아 리얼리즘의 흐름 속에서 자신만의 독특한 리얼리즘 세계를 선보였다. 그는 단순히 사회 현실을 모방하는 것을 넘어 인간 존재의 근원적 문제, 도덕적 가치, 삶의 의미 등을 깊게 들여다보며 문학을 통해 인간을 구원할 방법을 모색했다. 그의 리얼리즘은 객관적인 묘사와 심리 분석에 기초하면서도, 도덕적 메시지와 종교적·철학적 사상을 내포한다는 점에서 다른 작가들의 리얼리즘과 차이가 있었다.

톨스토이의 대표작으로 꼽히는 《전쟁과 평화》, 《안나 카레니나》, 《부활》, 그리고 그의 자전적 소설 3부작 모두 이러한 그의 리얼리즘적 특징을 잘 보여준다.

《전쟁과 평화》는 '나폴레옹 전쟁'이라는 역사적 사건을 배경으로 19세기 초 러시아 귀족 사회의 문화, 풍습, 인간관계 등을 낱낱이 그려 낸다. 사교계의 화려함과 겉치레, 귀족들의 무능력과 방탕, 그리고 전쟁의 참혹함과 그 속에서 드러나는 인간 군상의 다양한 모습을 담아내고 있다. 또한 농민들의 소박한 삶과 그들의 공동체 의식을 긍정적으로 바라보며 러시아 사회의 또 다른 모습을 제시하기도 했다.

《안나 카레니나》는 19세기 후반 러시아 상류사회의 위선적인 도덕관념과 여성에게 가해지는 사회적 제약을 날카롭게 비판한 작품으로 평가받는다. 불륜이라는 파격적인 소재를 통해 당시 사회의 이중적인 잣대와 여성이 겪는 불평등하고 차별적인 대우를 드러내었고, 주인공 안나가 파멸해 가는 과정을 통해 사회적 억압이 개인에게 어떤 비극적 영향을 미치는지 잘 보여준다. 또한 안나의 사랑, 질투, 불안, 절망 같은 다양한 감정의 변화를 추적하며 인간 심리의 복잡성을 드러내고 있다.

《부활》은 부패하고 비인간적인 당시 러시아의 사법 제도를 폭로하고, 최하층 사람들의 고통스러운 삶을 생생하게 묘사한다. 주인공 네흘류도프의 변화와 카츄샤의 비극적인 운명을 그리면서 사회 정의의 실현과 인간 구원의 가능성을 모색한 작품으로 평가받는다.

톨스토이의 자전적 소설 3부작인 《유년 시절》, 《소년 시절》, 《청년 시절》은 주인공 니콜라이 이렌예프의 성장 과정을 따라 어린 시절의 순수한 감성, 청소년기의 혼란과 자아 탐색, 청년기의 이상과 갈등 등을 묘사하며 인간 발달 단계별 심리 변화를 섬세하게 포착해 내었다.

톨스토이의 리얼리즘은 단순한 현실 반영을 넘어 도덕적 교훈이나 메시지를 전달하는 것이 특징이다. 후기 작품으로 갈수록 이러한 경향은 더욱 뚜렷해진다. 톨스토이는 자신의 종교적·철학적 사상을 작품 속에 녹여 내어 예술적으로 형상화하는 데 탁월한 능력을 보여주었다. 그의 작품에는 기독교적 사랑과 형제애, 비폭력주의, 단순한 삶의 추구 등 그의 사상과 철학이 깊이 스며 있으며, 이는 그의 리얼리즘을 더욱 특별하고 심오하게 만드는 요소이다.

우리는 톨스토이의 작품을 읽으면서 '삶을 사랑하는 톨스토이'와 '청교도적 설교자로서의 톨스토이'라는 두 얼굴을 만날 수 있다. 그러나 이는 서로 다른 얼굴이 아니라 톨스토이가 본성과 이성 사이에서 갈등하는 양상이 작품에 투영된 결과이다.

톨스토이의 본성에는 건강한 육체에서 나오는 강한 성적 욕망이 늘 자리 잡고 있었다. 그런데 그는 성적 욕망이 강해지면 강해질수록 그것에 대한 반작용으로 금욕주의와 청교도적 삶을 강조했다. 톨스토이와 일상적 삶을 함께했던 그의 아내 소피아는 남편의 강한 성적 욕망을 받아 내야 했을 뿐만 아니라, 그러한 욕망을 분출하고 나서 더 강하게 표출되는 청교도주의자 톨스토이의 모습까지도 견뎌 내야 했다. 그래서 《톨스토이와 도스토옙스키》를 쓴 러시아의 문예학자 메레시콥스키(1865~1941)는 톨스토이에게 '육체적 사랑을 억제하려고 노력할 것이 아니라, 오히려 그것을 통해서 정신적인 것을 성취해야 한다.'라고 말하기도 했다.

톨스토이는 일상적 삶에서는 늘 불안해하거나 초조해하면서, 매 순간 도덕적·종교적으로 완전한 자아가 되기를 바랐다. 그래서 그의 작품에는 자기부정과 자기혐오에까지 이른 인물도 등장하고, 진리에 대한 갈망으로 들떠 있거나 도덕적 자기완성에 대한 이상을 품은 인물도 등장하는 것이다. 그의 중편소설 〈신부 세르게

이〉(1898)에서 이러한 것들을 확인할 수 있다.

톨스토이는 〈신부 세르게이〉를 통해 명예나 허영심 같은 세속적 관념을 받아들이지 않고, 자신이 진리라고 규정한 관념을 좇는다. 왜냐하면 그래야 자신의 또 다른 자아라고 부를 수 있는 세르게이 신부가 진리에 더 가까이 다가갈 수 있기 때문이다. 또한 톨스토이는 '노동의 진리'와 '문명 생활의 허위', '삶과 죽음의 깊은 뜻'과 '진리의 부재' 등을 대비적으로 묘사한다. 그는 진리를 자연적이고 무의식적인 것에서 찾았고, 문명적이고 의식적인 것은 허위에 가깝다고 보았다.

톨스토이의 이와 같은 관념은 초기 작품인 〈카자크인들〉이나 《안나 카레니나》, 《전쟁과 평화》 등에서 이미 나타난다. 그리고 《부활》에서 톨스토이는 당시 러시아의 사회 제도 전반에 대해서 날카롭고 예리하게 비판했다. 그와 함께 민중의 삶을 제대로 좇는 것이 도덕적으로 부활할 수 있는 길이라고 여겼다. 이와 같은 작품들에는 문명과 자연의 대비, 인간의 근원적 속성, 당시 러시아 사회의 밑바닥에 깔려 있던 거짓과 기만 등이 형상화되어 있다.

3. 죽음의 공포와 마주한 삶

톨스토이의 작품 세계에서 '죽음'은 생명이 끊어지는 물리적 현상을 넘어, 인간 존재의 유한성, 삶의 의미, 영원한 가치에 대한 깊은 성찰을 이끌어 내는 핵심적인 키워드이다. 그의 작품들에서 죽음은 다양한 모습으로 나타나며, 톨스토이의 사상과 세계관을 이해하는 데도 중요한 의미를 지닌다.

삶의 유한성과 인간의 실존적 고뇌

중편 〈이반 일리치의 죽음〉에는 죽음을 앞둔 한 평범한 관료인 이반 일리치가 등장한다. 그는 고통스러운 투병 과정을 겪고 죽음 직전에 깨달음을 얻는다. 그의 깨달음은 인간이라는 존재의 유한성과 삶의 허무함으로 이어지고, 마침내 '진정한 삶이란 무엇인가?'라는 질문을 던진다. 그는 죽음을 앞두고 사회적 지위와 물질적 성공에 매몰된 삶이 얼마나 덧없는 것인지 깨닫고 후회하는데, 독자들은 그런 모습을 보면서 자신의 삶을 한 번쯤 되돌아보게 된다.

단편 〈세 죽음〉에는 '귀족 부인, 마부, 나무'의 죽음이 등장한다. 귀부인은 폐병에 걸려 고통과 불평 속에 죽음을 맞는데, 자신의 삶에 집착하며 남편을 원망하는 모습을 보인다. 가난한 마부는 자신이 병 때문에 죽을 것을 알고 젊은 마부에게 자신의 새 장화를 주고는 평온하게 죽음을 맞이한다. 그리고 젊은 마부가 가난한 마부의 묘지 십자가를 만들기 위해 도끼로 나무를 자르고, 나무는 도끼날에 순순히 몸을 내어준다.

톨스토이는 세 죽음을 대비하며 생명을 지닌 존재는 모두가 죽음에 이를 수밖에 없다는 생명의 유한성과 죽음의 보편성을 보여 준다. 이렇듯 죽음은 누구에게나 예외 없이 찾아오지만, 삶에 대한 태도에 따라 죽음을 맞이하는 방식이 달라진다는 것을 알 수 있다. 이를 통해 독자들은 자신의 삶을 돌아보고 죽음을 어떻게 맞이해야 할지 생각해 볼 수 있다.

죽음을 통한 삶의 성찰과 변화

《전쟁과 평화》에는 전쟁터에서 일어날 수 있는 수많은 죽음이 등장한다. 그런 죽음을 직접 목격한다면 어떤 느낌일까? 작품 속 인물인 피에르 베주호프는 전쟁에 참여하여 죽음을 목격하며 가치관의 변화를 겪는다. 그는 안드레이 볼콘스키의 죽음을 보면서 삶의 덧없음과 인간의 나약함을 깨닫고 삶의 진정한 가치를 추구하는 인물로 거듭난다. 그리고 나타샤 로스토바를 사랑하게 되면서 '살아 있음' 자체의 의미를 깨달아 간다.

《부활》에서는 물리적 죽음이 아닌 사회적 죽음이 주인공의 삶을 변화시키는 계기가 된다. 지난날 네흘류도프가 성적 대상으로만 여겼던 카츄샤. 그 일로 그녀의 인생이 망가지고, 비루한 신분 때문에 죄없이 억울한 형벌까지 받게 된다. 배심원으로 참석한 법정에서 우연히 카츄샤를 다시 만나게 된 네흘류도프는 그녀의 비참한 신세가 자신의 지난 잘못 때문이라고 생각하며 양심의 가책을 느끼게 되고, 이는 그의 삶을 송두리째 바꾸는 결정적인 계기가 된다. 그녀에게 내려진 사회적 죽음이 네흘류도프의 죄책감과 회개를 불러일으키고 새로운 삶을 향한 의지와 변화를 촉진하는 촉매제 역할을 하는 것이다.

죽음의 초월과 영원한 가치

단편 〈사람은 무엇으로 사는가〉에는 천사 미하일이 등장한다. 그는 처음에 죽음을 이해하지 못하는 존재로 등장하는데, 차츰 인간 삶의 본질적인 가치, 즉 사랑의 중요성을 깨달아 간다. 그리고 마침내 '사람은 무엇으로 사는가?'라는 물음에 대한 답을 찾는데, 그것은 바로 공동체를 위하는 마음이자 오늘을 살아 내는 원동력이며 죽음마저 초월하는 가치인 '사랑'이었다. 인간의 유전자 속에 새겨진 '사랑'은 인간 삶의 근본이며, 인간다움을 이루는 가장 가치 있는 조건 가운데 하나라 할 수 있다.

이처럼 톨스토이의 작품에는 죽음 이후의 영원한 안식, 영혼의 불멸성에 대한 믿음이 나타나기도 한다. 이때 톨스토이는 죽음을 두려워해야 할 대상이나 절망적 상황처럼 부정적으로 그리는 것이 아니라 삶의 진정한 의미를 깨닫고 영원한 안식을 맞는 순간으로 묘사한다.

죽음의 다양한 양상과 의미

앞에서도 말했듯이, 톨스토이는 그의 작품에서 다양한 죽음의 양상을 그리고 있다. 비극적인 죽음, 숭고한 죽음, 자연스러운 죽음…….

비극적인 죽음은 《안나 카레니나》 속 안나의 자살이 대표적인데, 안나는 사회적 편견과 사랑의 좌절로 인해 비극적인 죽음을 맞이한다. 이는 개인의 삶과 사회적 압력 간의 극단적인 충돌이 빚어낸 결과라 할 수 있다.

이와 달리 전쟁터에서 조국을 위해 싸우다 죽음을 맞이하는 인물들의 모습은 숭고한 희생으로 그려지기도 한다. 하지만 톨스토이는 전쟁의 비인간성을 강조하며, 이러한 죽음을 비극적으로 묘사하는 경향을 보인다. 노년이나 병으로 인한 자연스러운 죽음은 인간 삶의 과정 가운데 하나로 묘사되기도 하지만, 그 속에 담긴 인간적인 고뇌와 성찰을 놓치지 않는다.

결론적으로 톨스토이의 작품에서 죽음은 단순히 생명의 소멸을 의미하는 것이 아니라, 인간 존재의 유한성을 자각하고 삶의 진정한 가치를 탐구하며 죽음을 초월하는 영원한 것을 추구하도록 이끄는 중요한 모티프이다. 그는 죽음을 통해 삶의 덧없음을 강조하는 동시에, 사랑·헌신 같은 영원한 가치를 통해 죽음을 초월하고자 하는 인간의 의지를 보여준다. 톨스토이에게 죽음은 삶의 의미와 가치를 되새기고 올바른 삶의 방향을 제시하는 강력한 질문인 것이다.

4. 회심(回心)

톨스토이는 《안나 카레니나》를 쓰고 있던 1870년대 후반에 극심한 정신적 위기를 겪으며 삶의 의미와 목적에 대한 의문에 사로잡힌다. 이때 톨스토이는 그가 추구해 왔던 세속적 성공과 명예가 덧없다는 것을 깨닫고, 삶의 진정한 가치를 탐색하기 시작한다. 이러한 톨스토이의 '회심'은 톨스토이가 후기 작품을 창작하는 데 중요한 주제로 자리 잡았으며, 그의 문학적 방향을 바꾸는 결정적인 계기가 되었다. 이러한 회심 과정은 〈고백〉(1879)이라는 그의 자전적 에세이에 잘 드러나 있다.

> 나는 살지 않았다. 내가 살아왔던 것은 환상이었다. 이제 나는 진실로 살기 시작했다.

이러한 고백처럼, 톨스토이는 이전의 삶이 '환상'이었음을 깨닫고, 평범한 민중의 소박한 삶과 하느님을 위해 살아간다는 그들의 믿음 속에서 삶의 진정한 의미를 찾으려 했다. 육체노동의 가치를 깨닫고 직접 농사를 짓기도 했는데, 이는 그의 가치관이 바뀌었음을 단적으로 보여주는 일이라 할 수 있다.

회심 이후 톨스토이는 무엇이 인간의 삶을 지탱하는 근본적인 가치인지를 생각한다. 이런 그의 생각은 단편 〈사람은 무엇으로 사는가〉에서 천사 미하일이 인간 세상에 내려와 깨달은 진리와 일맥상통한다.

> 저는 깨달았습니다. 사람들이 자기 자신만을 위해서 살아간다고 생각하지만 그것은 착각일 뿐이며, 실제로는 사랑에 의해 살아가는 것이라고.

미하일이 깨달은 이 진리는 톨스토이가 회심 이후 강조한 가치, 즉 이기적인 욕망이 아닌 타인에 대한 사랑과 연대가 인간 삶의 진정한 의미임을 말해 준다.

《부활》에서 주인공 네흘류도프는 양심의 가책을 느껴 회개하고 이를 통해 영적인 부활을 이룬다. 그리고 젊은 시절 자신의 잘못 때문에 몰락한 카츄샤를 다시 만난 네흘류도프는 자신의 과거를 깊이 반성하고 그녀의 구원을 위해 헌신한다.

> 그는 이제 자기 자신의 구원이 그녀의 구원에 달려 있다는 것을 깨달았다.

이 구절은 개인의 회심이 단순히 내면의 변화에 그치지 않고 타인과의 관계 회복과 사회 정의 실현으로 이어질 수 있음을 시사한다. 네흘류도프의 변화는 톨스토이의 회심 경험이 사회적 책임감으로 확장된 모습을 보여주는 것이라 할 수 있다.

회심 이후 톨스토이는 예술의 목적에 대한 생각도 바뀌었다. 아름다움을 추구하는 것이 아니라 인간을 교화하고 도덕적인 메시지를 전달하는 것이 목적이어야 한다는 것이다. 그의 후기 작품들은 이전의 복잡하고 심리적인 묘사보다는 단순하고 명료한 형식으로 윤리적·종교적 메시지를 담아내고 있다. 예술을 통해 더 많은 사람들에게 자신의 깨달음을 전달하고자 했던 것이다.

하지만 톨스토이의 급격한 변화는 가족 관계에 영향을 미치게 된다. 아내 소피아는 농민이 되겠다는 톨스토이의 말을 듣고 그와 심하게 다툰다. 이때부터 시작된 아내와의 갈등은 그의 말년까지 지속되었다. 톨스토이는 회심하기 전에 쓴 모든 소설을 '귀족의 예술'로 취급하며 그 저작권을 아내에게 양도했지만, 소피아는 여전히 그를 이해하지 못했다. 그의 회심이 자신에게는 깊은 변화를 가져왔지만, 주변 사람들에게는 이해하기 어렵거나 받아들이기 힘든 일이었던 것 같다.

어쨌든 그에게 회심은 삶의 중요한 전환점이었으며, 그의 후기 작품의 주제, 등장인물의 변화, 예술관의 변화 등 다방면에 걸쳐 영향을 미쳤다. 이때 쓴 작품들은 강력한 메시지와 함께 오늘날의 우리에게도 깊은 울림을 주고 있다.

02

톨스토이 작품 읽기

전쟁과 평화

Война и мир(War and Peace), 1866

《전쟁과 평화》는 톨스토이가 1863년부터 1869년에 걸쳐 쓴 소설로, 1805년부터 1812년까지 나폴레옹 전쟁 시기와 그 이후를 배경으로 한 작품이다. 이 작품은 역사적 사건을 배경으로 러시아의 주요 귀족 가문(베주호프, 볼콘스키, 로스토프, 쿠라긴, 드루베츠코이)의 운명을 그리고 있는데, 이를 통해 인간사와 세상사를 사실적으로 풀어내었다.

톨스토이는 이 작품을 통해 전쟁의 잔인함과 평화로운 일상을 대비하고 궁정의 위선과 농민의 순수함을 대조하며, 역사의 동력, 개인의 자유의지, 삶의 진정한 의미 등에 대한 깊은 철학적 질문을 던지고 있다.

《전쟁과 평화》는 그 방대한 분량과 함께 인간 존재와 역사의 본질을 탐구하는 걸작으로 평가받고 있다.

1. 작품의 줄거리와 등장인물

제1권 – 야망, 방황 그리고 아우스터리츠의 하늘 (1805년)

1805년 7월, 상트페테르부르크의 살롱. 귀족 사회의 공허하고 위선적인 분위기 속에서 세 주인공의 삶이 교차하기 시작한다.

막대한 부호의 사생아였던 베주호프 가문의 피에르 베주호프는 아버지의 사망으로 갑작스럽게 엄청난 유산과 백작 칭호를 상속받는다. 덩치는 크지만 순수하고 여리며 어눌하게 말까지 더듬는 피에르는 새로운 지위와 많은 재산에 적응하지 못하고 방황한다. 그러다 쿠라긴 가문의 교활한 아나톨과 엘렌의 아버지인 바실리 공작의 계략에 휘말려, 아름답지만 피에르에 대한 애정은 전혀 없는 엘렌 쿠라기나와 결혼하게 된다. 이 결혼은 피에르에게 행복 대신 끊임없는 고통과 내적 갈등을 안겨 준다.

피에르의 친구인 볼콘스키 가문의 안드레이 볼콘스키 공작은 뛰어난 지성과 능력에도 불구하고 허위로 가득 찬 사교계와 아내와의 무미건조한 결혼 생활 등에 심한 염증을 느낀다. 그러던 그는 영웅이 되겠다는 야망을 품고 군대에 자원하여 쿠투조프 장군 휘하의 참모 장교로 전쟁에 참여하게 된다. 안드레이가 전장에 나가면서 볼콘스키 가문의 영지에는 그의 늙은 아버지 니콜라이 볼콘스키 공작과 깊은 신앙심을 가진 여동생 마리야가 남게 되는데, 마리야는 폭군 같은 아버지 밑에서 순종하며 괴로워하지만 내면의 신앙심으로 버텨 나간다.

모스크바의 로스토프 가문은 재정적으로는 기울었으나, 사람들이 한결같이 밝고 따뜻했으며 가족애와 헌신하는 마음이 남달랐다. 장남 니콜라이 로스토프는 명예로운 삶을 위해 기병 장교로 입대하고, 누이인 나타샤 로스토바는 열세 살의 나이로 사교계에 첫발을 내디딘다. 나타샤의 생기 넘치는 모습은 이 가문의 생명력을 상징한다.

러시아가 오스트리아와 동맹을 맺고 나폴레옹과의 전쟁에 돌입하면서 작품 속 주요 인물들이 전장으로 향한다. 안드레이는 1805년 아우스터리츠 전투에 참전하여 자신이 꿈꾸던 영웅적 행동을 시도하지만, 결국 중상을 입고 쓰러지고 만다. 그는 하늘을 보면서 "이 높고 푸른 하늘 외에 모든 것이 공허하고 기만적이며, 이 하늘 말고는 아무것도 없다는 것을 나는 알고 있다."라고 말하며 절망하는데, 이 순간 자신이 그렇게 좇던 명예와 야망이 얼마나 덧없는 것인지를 깨닫는다.

제2권 – 평화 속 내적 탐색과 비극적 사랑 (1806년~1811년)

전쟁이 소강상태로 접어든 평화로운 시기, 주인공들은 외적 성공 대신 내면의 진실을 찾아 방황한다.

안드레이는 고향으로 돌아왔을 때, 아내가 아들을 낳다가 죽는 비극적인 장면을 목격한다. 그는 전쟁의 허무함과 아내에 대한 죄책감으로 삶의 의미를 잃고 가문의 영지인 리시예 고리(Lysyye Gory)에 은둔하며 염세주의에 빠진다. 그러다 그는 영지 관리를 하면서 여러 가지 일들을 하게 되고, 또 피에르와 교류하면서 점차 활력을 되찾아 간다.

피에르는 엘렌 쿠라기나와의 불행한 결혼 생활을 정리하기 위해 엘렌과 잠정적으로 헤어진다. 그는 '인생의 의미와 진정한 목적'을 찾기 위해 프리메이슨에 깊이 빠져 지내지만, 조직 내의 형식주의와 위선 때문에 또다시 실망하게 된다. 그는 농노 개혁을 시도하지만, 자신의 우유부단함과 귀족 사회의 보수성 때문에 큰 성과를 거두지 못하고 계속 방황한다.

안드레이는 한 무도회에서 나타샤 로스토바를 만나 그녀의 생기 넘치는 매력에 빠져든다. 두 사람은 운명처럼 사랑에 빠지고 약혼까지 하지만, 안드레이의 고집 센 아버지 니콜라이 볼콘스키 공작의 반대로 결혼은 일 년 동안 연기된다. 그러자 안드레이가 외국으로 떠나고, 그사이에 나타샤는 모스크바에서 방탕하고 매력적인 아나톨 쿠라긴(엘렌의 오빠)의 유혹에 넘어가 함께 도망치려는 계획을 세우는 치명적인 실수를 저지른다. 이 사건은 피에르의 개입으로 가까스로 저지되지만, 안드레이가 이 사실을 알고 나타샤와 파혼하고 깊은 상처를 받는다. 나타샤는 심한 죄책감과 슬픔으로 병을 얻고 삶의 의지마저 잃어버린다.

이때 니콜라이 로스토프는 사촌 동생인 소냐와 순수한 사랑을 키우지만, 어머니의 반대와 가문의 빚 때문에 미래에 대한 확신을 갖지 못한다.

제3권 – 침공, 보로디노, 용서의 깨달음 (1812년)

1812년, 나폴레옹이 60만 대군을 이끌고 러시아를 침공하면서 러시아 전역이 역사적 격변에 휩싸인다. 그러자 하나같이 조국을 지키기 위한 애국심으로 불타오른다. 안드레이는 명예 때문이 아니라 오직 의무감으로 군대에 복귀하고, 피에르는 직접 전투에 참여하지는 않지만 자신이 가진 재산으로 부대를 무장시키고 전쟁의 참혹함을 직접 목격하기 위해 전장으로 향한다.

《전쟁과 평화》의 클라이맥스라 할 수 있는 보로디노 전투가 벌어진다. 톨스토이는 이 전투를 러시아군 사령관 쿠투조프의 지혜와 수많은 평범한 병사들의 끈기가 만들어 낸 필연적인 승리로 묘사하며 영웅 사관을 부정한다. 이 전투에서 안드레이는 포탄에 맞아 치명적인 부상을 입고, 부상자들 틈에서 자신에게 가장 큰 상처를 주었던 아나톨 쿠라긴이 다리를 잃고 고통스러워하는 모습을 발견한다. 안드레이는 그 모습을 보며 미워하거나 잘됐다고 생각하는 대신 '연민과 사랑'의 감정을 느끼며 아나톨을 용서하고 정신적인 성숙을 이룬다.

쿠투조프는 병력을 보존하기 위해 모스크바를 포기하는 결정을 내린다. 로스토프 가문은 대피하는 과정에서 마차를 부상병 수송에 내어주고, 이때 나타샤는 우연히 안드레이를 발견하고 그를 간호하기 시작한다. 피에르는 모스크바에 남아 나폴레옹을 암살하려는 허황된 계획을 세우다 프랑스군에게 포로로 잡힌다. 이때 그의 아내이던 엘렌 쿠라기나는 불륜과 방탕한 생활 끝에 비극적인 죽음을 맞는다.

제4권 – 상실, 깨달음 그리고 새로운 관계 (1812년 이후)

이후 전쟁의 여파와 인물들의 영적 여정은 계속되며, 가문 간의 새로운 결합이 암시된다.

나타샤의 헌신적인 간호 속에서 안드레이는 '사랑은 신이다.'라는 깊은 영적 깨달음을 얻고, 모든 세속적인 욕심을 내려놓은 채 평화롭게 죽음을 맞이한다. 나타샤는 그의 죽음과 그로 인한 상실감을 통해 한층 더 성숙해진다.

피에르는 포로수용소에서 순박한 농민 포로인 플라톤 카라타예프를 만나 '삶은 기쁨이고, 존재 그 자체가 축복이다.'라는 단순하지만 위대한 진리를 배운다. 카라타예프는 피에르에게 러시아 민중의 단순하고 끈질긴 생명력과 미르(공동체)의 지혜를 가르치고, 피에르는 이 경험을 통해 정신적으로 완전히 새로운 사람으로 거듭난다. 그는 포로수용소에서 풀려난 뒤 과거에 누렸던 부와 지위에서 찾을 수 없었던 '이전에는 알지 못했던 평화와 만족감'을 느끼게 된다.

니콜라이 로스토프는 아버지의 죽음 이후 빚더미에 앉은 가문을 책임지게 된다. 그는 깊은 신앙심과 내면적 아름다움을 지닌 마리야 볼콘스카야와 만남을 이어 간다. 니콜라이는 마리야의 진실한 영혼과 볼콘스키 가문의 재산에 이끌리고, 이들은 결혼을 통해 로스토프 가문의 재정적 위기를 해소하고 새로운 결합을 모색한다.

에필로그 – 새로운 평화의 정착과 철학적 마무리 (1820년)

몇 년의 시간이 흐른 뒤, 생존한 주인공들은 전쟁의 상흔을 딛고 새로운 삶을 살아간다.

정신적으로 가장 성숙한 두 영혼, 피에르와 나타샤는 마침내 결혼하여 행복한 가정을 이룬다. 나타샤는 사교계의 화려함을 버리고 헌신적인 아내이자 어머니로서 진실한 삶의 가치를 실현한다.

니콜라이와 마리야는 결혼하여 볼콘스키 영지에서 사는데, 소박하고 도덕적인 농민 공동체(미르)를 중심으로 모범적인 가정을 이룬다. 이들의 결합은 이질적이었던 두 명문 가문의 정신적·물질적 통합을 상징한다.

톨스토이는 에필로그 후반을 할애하여 역사를 움직이는 힘에 대한 자신의 철학을 이야기한다. 그는 소수의 영웅(나폴레옹)이 역사를 주도한다는 영웅 사관을 비판하며, 개인의 자유의지와 필연적 법칙이 어떻게 얽혀 역사를 만들어 나가는지 성찰하며 긴 이야기를 마무리한다.

피에르 베주호프

베주호프 백작의 사생아. 순수하지만 우유부단하며, 지적이고 철학적인 사색을 즐기는 인물. 외적인 부와 내적인 방황을 겪은 후, 전쟁 포로 생활과 카라타예프와의 만남을 통해 진정한 인간애와 삶의 단순성을 깨닫고 결국 나타샤와 행복한 가정을 이룬다.

안드레이 볼콘스키

명문 귀족, 냉철한 장교. 이지적이고 냉소적이며, 명예와 영웅주의에 대한 이상을 추구하는 인물. 아우스터리츠 전투와 보로디노 전투를 통해 영웅주의의 허망함을 깨닫고, 나타샤의 사랑을 통해 용서와 영적인 초월을 경험하며 최후를 맞이한다.

나타샤 로스토바

로스토프 가문의 딸. 생명력이 넘치고 감성적이며, 순수함과 매력을 지닌 인물. 사랑의 시련과 전쟁의 고통을 겪으며 성숙하고, 안드레이와 피에르를 간호하며 헌신과 모성의 가치를 체득한다.

니콜라이 로스토프

로스토프 가문의 장남. 기병 장교. 정직하고 용감하지만 단순하며, 가족을 매우 사랑하는 인물. 가문의 빚과 명예 사이에서 갈등하고, 군 복무를 통해 성숙해진다. 결국 마리야 볼콘스카야와 결혼하여 가정의 행복을 찾고 가문을 일으킨다.

마리야 볼콘스카야

안드레이의 여동생. 외모는 평범하지만 깊은 신앙심과 내면의 아름다움을 지닌 인물. 엄격한 아버지의 폭정 아래 순종하며 살다가, 전쟁 중 피란과 니콜라이와의 만남을 통해 사랑의 기쁨을 깨닫고 결혼한다.

엘렌 쿠라기나

쿠라긴 가문의 딸. 뛰어난 미모를 가졌지만 도덕성과 영혼이 결여된 세속적인 인물. 피에르를 유혹하여 결혼하지만 불륜을 일삼고, 사교계의 정점에서 삶의 허무함을 느끼며 비극적으로 사망한다.

플라톤 카라타예프

프랑스군에게 잡힌 농민 포로. 순박하고 낙천적이며 삶의 모든 것을 자연스럽게 받아들이는 인물. 피에르에게 러시아 인민의 단순한 지혜와 '미르(공동체)'의 정신을 가르치고, 피에르의 정신적 재탄생에 결정적인 역할을 한다.

미하일 쿠투조프

러시아군 총사령관. 늙고 비활동적인 듯 보이나, 깊은 통찰력과 인민적 지혜를 가진 인물. 역사의 필연성과 대중의 의지에 순응하는 톨스토이의 역사관을 구현하며, 나폴레옹 격퇴의 실질적인 영웅으로 그려진다.

나폴레옹 보나파르트

프랑스 황제이자 천재적인 군사 전략가. 강한 야망과 오만함을 지닌 인물. 개인의 위대함이 역사를 좌우한다는 영웅주의의 허상을 상징하는 인물로 그려진다.

2. 삶의 양면성과 순환의 철학

《전쟁과 평화》는 19세기 초 나폴레옹 전쟁이라는 역사적 사실을 배경으로, 러시아 귀족 사회의 사교계와 참혹한 전쟁을 아우르는 방대한 이야기를 다룬다. 제목인 '전쟁과 평화'는 톨스토이가 인간의 삶과 역사를 바라보는 근원적인 철학을 담고 있다. '전쟁'과 '평화'는 삶의 두 가지 본질적인 양태이자 역사적으로 끊임없이 반복되어 왔다. 톨스토이에게 '전쟁'은 실제 전투뿐 아니라 인간 내면의 갈등, 사교계의 위선, 그리고 헛된 야망 등을 포괄하는 의미로 확장된다.

톨스토이는 인간이 인위적으로 만들어 낸 혼돈의 영역인 '전쟁'과 자연 및 일상에서 발견되는 질서의 영역인 '평화'를 교차하며, 진정한 삶이란 이 양면의 순환 속에서 겸허하게 진리를 깨달아 가는 과정임을 강조한다.

이 작품에서 '전쟁'은 비극적인 현실을 보여주는 역사적 사건인 동시에 톨스토이가 비판했던 인간의 교만과 허위 등을 포함하는 영역이다. 전쟁은 일차적으로 파괴와 고통을 상징하며, 아우스터리츠 전투와 같은 참혹한 비극을 통해 인간의 의도와 계획이 얼마나 무력한지를 증명한다. 나폴레옹을 비롯한 '위인'들의 오만과 잘못된 판단이 낳은 전쟁은 수많은 민중의 희생을 낳는 파국으로 이어진다.

작품 속 안드레이가 아우스터리츠에서 발견하는 것은 영웅적 명예가 아닌 혼란스럽고 무의미한 죽음이 가득한 풍경이다. 이를 통해 톨스토이는 전쟁이 개인의 의지나 뛰어난 전략이 아니라 수많은 우연과 혼란 속에서 필연적으로 진행되는 대규모 광기임을 폭로한다. 피에르가 엘렌과의 불행한 결혼 생활, 프리메이슨에서의 방황, 도덕적 갈등을 겪는 모든 과정 역시 일종의 내적 전쟁이며, 사교계는 권력과 명예를 쟁취하기 위한 은밀하고도 치열한 투쟁의 장소로 묘사된다.

그러나 톨스토이에게 전쟁은 진실이 드러나는 순간이기도 하다. 안드레이 볼콘스키 공작이 아우스터리츠에서 치명상을 입고 하늘을 올려다보는 장면은 전쟁의 양면성을 가장 극적으로 보여준다. 명예와 야망이라는 세속적인 가치에 사로잡혀 있던 안드레이는 끝없이 펼쳐진 고요하고 웅장한 하늘 앞에서 자신이 추구했던 모든 것이 얼마나 헛되고 보잘것없었는지를 깨닫는다. 이처럼 전쟁은 인위적인 삶의 허위를 찢어발기고 인간이 삶의 진실과 만나게 하는 정화의 기능도 수행한다.

반면, '평화'는 전쟁이나 분쟁 또는 일체의 갈등이 없는 평온한 상태뿐 아니라 가족의 사랑, 반복되는 일상의 단순함, 농민 공동체의 순수함, 그리고 내면의 조화와 진실 등을 상징한다. 로스토프 가문은 빚과 세속적 어려움에도 불구하고 춤과 노래, 진심 어린 대화와 따뜻한 환대로 가득 찬 생동감 있는 평화를 구현한다. 피에르가 포로 생활을 통해 카라타예프에게 배우는 '단순한 삶'은 곧 내면의 평화이며, 모든 세속적인 집착을 내려놓고 '먹고, 자고, 일하는' 존재 자체의 단순한 반복 속에서 진정한 만족을 느낄 수 있다는 것이다. 이러한 '미르'는 외적인 상황에 흔들리지 않는 영혼의 안식처가 된다.

톨스토이는 이 두 가지 상태(전쟁과 평화)가 분리된 것이 아니라, 삶에서 마주하는 본질적인 두 측면임을 강조한다. 개인은 전쟁의 고통과 상실을 겪어야만 평화의 소중함과 진정한 가치를 깨닫고 정신적으로 성숙할 수 있다는 말이다. 안드레이와 피에르, 나타샤 모두 전쟁이라는 파괴와 비극의 체험을 겪은 뒤에야 비로소 진정한 평화를 찾을 수 있었다.

나아가 톨스토이는 역사의 흐름 자체가 거대한 순환이라고 생각했다. 그는 나폴레옹 같은 몇몇 영웅이 역사를 좌우한다는 '영웅 사관'을 거부하고, 이름 없는 수많은 민중의 집합적이고 우연적인 행동들이 역사를 만들어 낸다는 '민중 사관'을 지지했다. 전쟁이 일어나고 끝나는 것은 그 누구의 의지나 천재적인 전략에 의한 것이 아니라, 수많은 민중의 사소한 움직임과 필연성으로 만들어지는 피할 수 없는 흐름의 결과라는 것이다. 이 흐름은 '안정(평화) → 긴장(불안, 갈등) → 파국(전쟁) → 재건(평화)'이라는 순환의 궤적을 그리며 인간의 삶을 규정한다. 톨스토이는 역사라는 거대한 수레바퀴 앞에서 개인은 겸손하게 필연성을 받아들이고 그 순환에 동참해야 한다고 강조한다.

역사적 순환이 작품의 배경을 이루는 거시적 측면이라면, 작품 속 주인공들인 피에르 베주호프, 안드레이 볼콘스키, 나타샤 로스토바의 삶은 '가짜 삶(허위와 위선)'과 '진짜 삶(본질과 사랑)' 사이를 오가는 미시적인 순환의 여정이다. 이들은 끊임없이 방황하고 좌절하면서도 궁극적인 평화를 찾아 나선다.

이 순환을 보여주는 가장 대표적인 인물이 피에르 베주호프이다. 그는 막대한 유산을 상속받은 후 사교계라는 사회적 공간에서 방황하고, 헬렌과의 불행한 결혼 생활을 통해 좌절을 맛본다. 이후 그는 프리메이슨이라는 조직에서 진리를 찾으려 하지만 실패한다. 피에르가 삶의 전환점을 맞이하는 것은 전쟁 포로가 되었을 때 농부 병사인 카라타예프를 만나고 나서이다. 카라타예프는 소박하고 자연적인 삶, 고통을 수용하는 겸허함, 그리고 생명의 순환을 상징한다. 피에르는 그와의 만남을 통해 복잡한 철학적 질문에 대한 답이 일상의 단순함과 자연의 리듬 속에 있음을 깨닫고 '가짜 삶'에서 '진짜 삶'으로 돌아오는 순환을 완성한다.

안드레이 볼콘스키의 삶 역시 명예와 영광에 대한 야심(가짜 삶)에서 출발한다. 그는 전쟁에서 깨달음을 얻고 사교계를 경멸하지만, 나타샤와의 만남과 이별을 통해 다시 고통과 절망에 빠진다. 그의 궁극적인 평화는 보로디노 전투에서 입은 부상으로 죽음을 앞두었을 때, 자신을 배신했던 아나톨을 용서하고 나타샤의 조건

없는 사랑을 받아들이는 순간에 찾아온다. 안드레이의 여정은 육체적인 고통과 죽음을 지나온 뒤에야 비로소 정신적인 평화와 용서에 도달할 수 있음을 보여주는 비극적인 순환이다.

이 모든 순환의 끝에는 '가족과 자연'이 놓여 있다. 톨스토이에게 진정한 평화는 전쟁이 멈춘 상태를 넘어, 자연의 섭리에 순응하고 가족을 이루어 생명을 이어 가는 소박하고 영속적인 삶의 질서를 의미한다. 피에르와 나타샤가 결혼하여 가정을 이루고 아이들을 키우며 일상적인 행복을 발견하는 에필로그는, 개인과 역사가 아무리 격동적인 순환을 겪더라도 궁극적으로는 삶의 근원적인 평화와 생산적인 순환으로 회귀함을 보여준다. 이는 개인의 존재가 역사의 혼돈 속에서 소멸하는 것이 아니라, 대를 이어 생명을 전하는 자연의 영원한 순환 속에 편입된다는 것을 선언하는 톨스토이의 희망적 메시지이다.

《전쟁과 평화》는 '전쟁(혼돈)과 평화(질서)', '역사(인위)와 자연(본질)', '야망(허위)과 사랑(진실)'이라는 극명한 양면성을 통해 인간이라는 존재를 들여다본다. 톨스토이는 이 상반된 두 힘이 서로를 지탱하며 끊임없이 순환하는 것이 바로 삶의 본질이라고 여겼다. 궁극적으로 톨스토이가 독자에게 전하고자 하는 메시지는, 삶의 진정한 가치가 인위적인 권력이나 영웅적인 행위, 혹은 복잡한 사색에 있는 것이 아니라는 점이다. 그것은 역사적 격변이 몰아치는 소용돌이 속에서 자신을 겸허하게 낮추고, '가족 간의 사랑, 일상의 리듬, 자연의 질서'라는 영원한 순환의 고리에 자신을 맡길 때 발견할 수 있다.

《전쟁과 평화》는 인간의 운명과 역사의 필연성이 교차하는 거대한 무대 위에서, 개인이 어떻게 진정한 삶을 발견하고 완성해 나가는지에 대한 통찰을 제공하는 위대한 보고서라 할 만하다.

3. 역사적 필연성과 민중의 의지

《전쟁과 평화》는 톨스토이의 독창적인 역사적·철학적 관점을 담고 있다. 그는 당대에 지배적이던 영웅 사관을 철저히 부정하고 역사를 움직이는 진정한 동력은 소수의 영웅이 아니라 '민중의 집합적 의지(People's Will)'에 있다고 주장했다.

톨스토이는 나폴레옹을 역사를 창조하는 천재적인 지도자가 아니라 단지 '역사의 거대한 물결에 휩쓸려 가는 꼭두각시(노예)'로 묘사했다. 나폴레옹은 자신의 의지가 역사를 좌우한다고 착각하는 오만하고 이기적인 인물이며, 그의 천재성은 보로디노 전투와 모스크바 점령 작전에서 무의미해져 버렸다. 그는 수많은 우연과 병사들의 사소한 행동의 총합으로 이루어지는 전쟁의 본질을 이해하지 못하고, 자신이 원하는 대로 상황이 흘러가지 않았을 때 좌절하는 유아적인 모습으로 그려진다. 톨스토이는 나폴레옹의 러시아 침공을 '한 사람의 의지'로 설명하는 대신, 이 사건이 수백만 명의 사람들이 각기 다른 이유로, 특정한 방식으로 행동했기 때문에 필연적으로 일어난 사건이라고 설명한다.

반면, 톨스토이가 제시하는 진정한 지도자의 모습은 쿠투조프 장군과 러시아 민중에게서 찾을 수 있다. 쿠투조프는 나폴레옹과 정반대의 인물로, 계획이나 화려한 전략을 내세우지 않는다. 대신 그는 '시간과 인내'가 가장 강력한 무기라고 생각하며, 역사의 필연적인 흐름을 거스르려 하지 않고 그 흐름에 몸을 맡긴다. 그는 병사들의 사기, 러시아 민중의 애국심이라는 보이지 않는 힘을 이해하고 이를 드높이는 데 힘을 쏟았다. 모스크바를 포기한 그의 결정이 천재적인 행동은 아니었지만, 민중의 의지에 바탕을 둔 현명한 '순응'이었다.

1812년의 승리는 소수의 영웅이나 뛰어난 전략 때문이 아니라, 러시아 곳곳의 민중이 자신의 집과 가족을 지키기 위해 보여준 집단적인 저항 의지의 결과였다. 포로였던 카라타예프는 이 민중의 정신, 즉 '미르(공동체)의 정신'을 상징하며, 톨스토이는 역사의 진정한 원동력은 통치자나 사령관이 아니라 평범한 일상을 묵묵히 살아가는 익명의 민중들에게 있음을 단언했다.

결국 《전쟁과 평화》는 개인의 자유의지와 거대한 역사적 법칙인 '필연성' 사이의 복잡한 역설을 탐구하며, 민중의 집단 의지야말로 역사를 이끄는 근원적인 힘이라는 사실을 밝히고 있다.

4. 참된 삶의 발견

《전쟁과 평화》의 핵심 내용은 세 주인공(피에르, 안드레이, 나타샤)이 끊임없는 시행착오를 통해 도덕적 성숙을 이루고 진정한 삶의 가치를 발견해 나간다는 것이다. 톨스토이는 추상적인 관념이나 세속적 성공이 아니라 겸손, 사랑, 단순한 일상 속 헌신에서 진실한 삶을 발견하고자 했다.

피에르의 여정은 '관념적인 삶'에서 '실존적인 삶'으로의 변화를 상징한다. 그는 엘렌과의 결혼, 프리메이슨 활동 등을 통해 자신이 바라는 이상적인 삶을 살려고 노력하지만 번번이 실패하는데, 이는 그가 추상적인 선(善)의 개념에만 사로잡혀 현실의 복잡성을 이해하지 못했기 때문이다.

> 내 자신이 두렵다. 무언가 내 안에서, 가장 소중한 무언가가 끊어져 버린 것만 같다.

그러던 그가 프랑스군의 포로가 되어 극한의 고통 속에서 카라타예프라는 농민을 만나면서 깨달음을 얻는다. 카라타예프는 '빵과 물이 있어야 영혼에 평화가 온다'는 단순한 진리를 통해, 행복이 외부의 평가나 재산의 많고 적음이 아닌, 존재 그 자체의 생명력과 단순한 일상의 반복에 있음을 전해 준다. 이에 피에르는 비로소 현실의 고통을 받아들이고, 자신의 몸과 마음이 세상의 일부임을 깨닫는다.

안드레이의 삶은 명예를 좇는 개인의 이기적인 욕망이 어떻게 사랑과 용서라는 영적인 깨달음으로 승화되는지를 보여준다. 그는 군 복무를 통해 영웅적 명예를 얻기를 바랐지만, 아우스터리츠 전투와 파혼 경험을 통해 그 야망이 덧없음을 깨닫고 세상으로부터 등을 돌린다. 하지만 보로디노 전투에서 치명상을 입고 죽음을 앞둔 순간, 그는 자신에게 상처를 준 아나톨 쿠라긴을 용서한다. 그리고 나타샤의 헌신적인 간호를 받으며 '사랑'이 삶의 유일한 진리임을 깨닫는다.

> '연민, 형제들에 대한 사랑, 사랑하는 이들에 대한 사랑, 우리를 미워하는 이들에 대한 사랑, 원수에 대한 사랑…… 그래, 하느님이 땅 위에서 전파하신 그 사랑, 내가 박탈당했지만 죽는 날에 깨달은 그 사랑.'

이 사랑은 세속적 욕망이 아닌 보편적이고 이타적인 사랑이며, 그는 죽음을 앞둔 순간 모든 세속의 집착을 버리고 평화를 얻으며 도덕적 완성과 구원을 이룬다.

나타샤의 성장은 본능에 충실했던 삶이 어떻게 책임감 있는 헌신으로 변화하는지를 보여준다. 그녀는 사교계에서 가장 생기 넘치고 활동적인 인물이었으나, 안드레이와 잠시 헤어져 있는 동안 아나톨에게 현혹되어 잘못된 선택을 하려 했다. 이는 그녀의 미성숙한 본능이 낳은 결과였으며, 인간적·사회적으로 추락하는 계기가 되었다. 그러나 그녀는 안드레이를 간호하면서, 그리고 전쟁의 고통을 겪으면서 한층 성숙하며, 자신의 타고난 에너지를 타인에 대한 헌신으로 사용한다.

> 나타샤는 자신과 약혼자를 잊고, 그 끔찍한 상황에서 오직 어린아이같이 순수한 마음과 태도로 부상병들을 돌보기 시작했다.

에필로그에서 그녀는 피에르의 아내가 되어 아이들을 양육하고 가정을 돌보는 평범한 어머니의 모습으로 나타난다. 톨스토이는 사교계의 화려함 대신 가정이라는 '미르의 중심'에서 헌신하는 나타샤의 모습이야말로 가장 진실하고 고귀한 여성상이라고 묘사하며, 진정한 삶의 가치는 일상적인 사랑과 책임감 속에 있음을 역설한다.

안나 카레니나

Анна Каренина(Anna Karenina), 1878

《안나 카레니나》는 톨스토이의 작품들 가운데 예술성과 인간 탐구의 깊이를 두루 갖춘 걸작으로 꼽힌다. 2007년 노튼출판사는 영국, 미국, 호주의 저명한 작가 125명에게 '모든 시대를 통틀어 가장 위대한 문학 작품을 선정해 달라'고 요청했다. 그 결과《안나 카레니나》가 수많은 명작을 제치고 1위를 차지했다. 이 작품이 자극적인 불륜 이야기를 넘어 인류 보편의 정서와 도덕, 삶의 아이러니를 포착한 걸작임을 입증한 것이다.

위대한 예술가로서 찬사를 받던 톨스토이는 〈참회록〉(1882)을 기점으로 문학적 경향이 달라진다. 예전처럼 장편소설을 쓰기보다는 민중을 일깨우는 메시지를 담은 단편소설 창작에 힘을 쏟게 된다. 이러한 변화를 '톨스토이의 회심'이라고 부르는데, 1878년에 출간된《안나 카레니나》는 그 직전에 쓰였다.

욕망과 윤리·도덕의 갈등이 생생하게 드러나는 이 작품의 바탕에는 삶의 구원과 내적 각성을 향한 작가의 의도가 깔려 있다. 다시 말해, 예술가로서의 통찰과 인간에 대한 도덕적 성찰이 한데 어우러진, 뛰어난 예술성과 탁월한 사유의 깊이를 품은 작품이라 할 만하다.

1. 작품의 줄거리와 등장인물

안나의 이야기

1870년대 러시아. 안나는 러시아 상트페테르부르크의 고위 관리인 카레닌의 아내이며, 두 사람은 아들인 세료자를 깊이 사랑한다. 안나는 그의 오빠인 스티바의 외도로 위기에 처한 가정을 돕기 위해 모스크바로 간다. 모스크바 기차역에 도착해서 브론스키라는 젊은 장교를 만나게 되는데, 그와의 만남이 안나의 운명을 바꾸어 놓는다.

브론스키는 젊고 잘생긴 장교로, 스티바의 처제인 키티와 좋은 관계였으나 안나에게 첫눈에 반해 구애를 거듭한다. 안나는 이를 거절하지만 묘한 만족감을 느끼는데, 더 마음이 흔들리기 전에 급히 가정으로 돌아간다. 그러나 브론스키는 그녀를 따라와 사랑을 고백하고, 안나는 자신의 남편을 브론스키와 비교하며 점차 브론스키에게 마음이 기운다. 안나와 브론스키의 관계는 사교계에서 화젯거리가 되지만 카레닌은 아내를 의심하지 않는다.

안나는 결국 브론스키의 구애를 받아들이고 그의 아이를 임신한다. 브론스키는 안나에게 이혼하고 자신과 재혼하자고 요구하지만 안나는 결정을 미룬다. 안나와 브론스키의 불륜이 점차 드러나며 카레닌 부부의 사이는 멀어진다. 어느 날 경마에 참여한 브론스키가 낙마하는 사고가 일어나고, 안나의 지나친 반응을 본 카레닌은 아내의 외도를 더 이상 회피하지 못한다. 안나는 남편에게 자신의 외도 사실을 밝히고, 카레닌은 이혼하는 대신 현재의 관계를 유지하되 자신의 체면을 지켜 달라고 요구한다.

그러나 브론스키를 집에 데려오지 말라는 요구조차 무시당하자 카레닌은 안나와의 이혼 절차를 밟기 시작한다. 그러던 중 안나는 브론스키의 아이를 낳다가 죽을 고비를 맞아 정신이 혼미한 가운데 카레닌에게 용서를 구한다. 카레닌은 처음에는 차라리 그녀가 죽기를 바랐으나, 그녀의 모습을 보고 그리스도교의 율법에 따라 그녀와 브론스키를 진심으로 용서하게 된다. 이날 밤, 브론스키는 권총 자살을 시도했으나 살아남고, 안나와 브론스키의 갓난아기는 두 부모가 사경을 헤매는 동안 카레닌이 사랑으로 보살핀다. 카레닌은 안나를 위해 이혼을 주저하지만, 처남인 스티바의 설득에 이혼과 아들의 양육권을 주는 것까지 받아들인다. 그러나 오히려 안나는 이혼을 거부하고 브론스키와 함께 외국으로 떠난다.

브론스키는 사랑을 위해 출세를 포기한 채 군대에서 전역했고, 두 사람은 외국에서 호사스러운 생활을 하며 사랑과 자유를 즐기지만 곧 권태기에 접어든다. 안나는 점차 불안과 고립감에 시달리다가 아들을 만나기 위해 러시아로 돌아온다. 사교계 사람들에게 거부당한 안나는 브론스키에게 버림을 받는 것이 두려워 그에게 집착한다.

안나가 떠난 사이, 출셋길에서 밀려난 카레닌은 친구인 리디야 이바노브나 백작부인의 도움을 받아 지내며 함께 종교에 심취해 있었다. 고립된 안나가 브론스키와의 관계를 명확히 하기 위해 뒤늦게 이혼을 요구하자, 카레닌은 종교적으로 의지하는 랑도의 말에 따라 이혼을 거절한다.

안나가 지속적으로 브론스키의 마음을 의심하자 브론스키도 그녀에게 멀어진다. 출발일을 정하는 사소한 싸움 속에서 브론스키에게 버려지는 두려움을 느낀 안나는 결국 그를 떠나고, 질투와 절망에 사로잡혀 충동적으로 기차에 몸을 던져 자살한다.

카레닌은 안나와 브론스키의 딸을 데려가고, 삶의 의욕을 잃은 브론스키는 세르비아 전쟁에 의용군으로 자원한다.

레빈의 이야기

레빈은 시골의 귀족 지주로, 친구인 스티바의 처제이자 순수한 귀족 아가씨인 키티를 깊이 사랑해 청혼한다. 하지만 키티는 브론스키를 사랑하고 있었기 때문에 그의 청혼을 거절한다. 그러자 레빈은 마음 아파하며 그의 시골 영지로 돌아간다. 한편, 키티는 브론스키가 안나를 사랑하는 것을 알고 중병에 걸린다. 키티가 외국 온천에서 병을 치료하는 사이, 레빈은 새로운 농기구와 분배 방식을 적용하지만 노동자에게 받아들여지지 않는 등 바쁜 삶을 보낸다. 그러던 중 우연히 마차를 탄 키티를 보고는 자신이 여전히 그녀를 사랑한다는 것을 깨닫는다.

스티바가 초대한 자리에서 다시 만난 레빈과 키티는 머리글자만으로 소통하며 서로 사랑을 고백한다. 키티가 청혼을 받아들이자 레빈은 둘 사이에 비밀은 있어서 안 된다고 여기며 자신의 과거가 적힌 일기장을 키티에게 준다. 레빈은 그녀가 자신을 사랑한다는 사실을 믿을 수 없어 결혼식 전날 결혼을 취소하겠다고도 했지만, 끝내 부부가 된다. 두 사람은 때로 싸우기도 하지만, 서로 이해하고 아껴 주는 아름답고 행복한 결혼 생활을 해 나간다.

레빈에게는 형이 둘 있는데, 그중 둘째 형 니콜라이는 탈선하여 방탕한 삶을 살고 있으며 중병에 걸려 죽어 가고 있었다. 키티는 신경질적인 병자를 헌신적으로 간호하고, 레빈은 형의 죽음 앞에서 알 수 없는 공포를 느낀다. 그리고 니콜라이의 죽음과 함께 키티가 임신 중이라는 사실이 밝혀진다.

키티가 출산하기 전 모스크바에 머물던 레빈은 점차 도시의 방탕한 생활에 익숙해진다. 술에 취한 채 안나를 만난 레빈이 그녀에게 홀린 것을 안 키티는 크게 상처받지만 화해한다. 이후 키티는 아이를 낳고, 레빈 부부는 시골로 돌아와 행복하게 살아간다. 그럼에도 죽음의 유혹에 시달리던 레빈은 태어난 아이, 농부와의 대화를 통해 인생의 의미를 깨닫는다.

안나 아르카디예브나 카레니나 (안나)
스무 살 연상의 고위 관리인 카레닌의 아내. 사회적 지위와 가정의 안정을 버리고 브론스키와 불륜 관계를 이어 가지만, 불안과 사회적 고립에 시달리다 결국 스스로 목숨을 끊는다.

알렉세이 알렉산드로비치 카레닌 (카레닌)
안나의 남편. 정부 고위 관리이며 체면과 도덕을 중시한다. 아내의 불륜 사실을 알게 된 뒤에도 사회적 시선 때문에 이혼하지 못한다.

알렉세이 키릴로비치 브론스키 (브론스키)
젊고 잘생긴 장교. 모스크바역에서 안나를 만나 사랑에 빠진다. 안나에게 이혼을 권하며 정식 남편이 되고 싶어 하나 실패하고, 안나가 자살하고 나서 삶의 의미를 잃고 전쟁에 자원한다.

콘스탄틴 드미트리예비치 레빈 (레빈)
시골 지주이자 사색가. 귀족 사회의 위선을 싫어하고, 농민과 함께 노동하며 진정한 삶의 의미를 찾고자 한다. 키티와 결혼해 가정의 평화를 이루지만, 죽음과 신앙에 대해 끝까지 고뇌한다.

예카테리나 시체르바츠카야 (키티)
돌리의 여동생. 브론스키를 사랑하여 레빈의 청혼을 거절하지만, 브론스키가 안나와 사랑에 빠지자 병을 앓는다. 이후 레빈의 진심을 받아들여 결혼한다.

스테판 아르카지치 오블론스키 (스티바)
안나의 오빠이자 레빈의 친구. 외도한 일로 아내 돌리와 갈등하고, 화해를 주선하기 위해 안나가 모스크바로 오는 계기가 된다. 이후에도 지속적으로 외도를 하고, 헤픈 씀씀이로 문제를 일으킨다. 하지만 명랑한 성격으로 주변인의 사랑을 받는다.

다리야 알렉산드로브나 오블론스카야 (돌리)
스티바의 아내이자 키티의 언니. 자식들을 생각해 남편의 외도를 용서하지만, 이 일로 계속 고통받는다. 자신을 위로하고 설득한 안나를 진심으로 좋아한다.

2. 행복한 가정과 불행한 가정

《안나 카레니나》는 다음과 같은 문장으로 시작한다.

> 행복한 가정은 모두 비슷하지만, 불행한 가정은 제각기 다르다.

이 작품에는 각기 다른 이유로 균열과 갈등을 겪는 부부와 연인이 등장한다. 사회적 체면과 의무에 묶인 안나와 카레닌, 열정으로 시작해 파멸로 끝난 안나와 브론스키, 무너진 관계를 형식적으로 유지하는 스티바와 돌리, 서로의 부족함을 인정하며 점점 성숙해 가는 레빈과 키티. 이들의 관계는 톨스토이가 말하고자 한 '행복한 가정'과 '불행한 가정'의 다양한 형태를 보여준다.

형식적인 결혼 – 안나와 카레닌

안나는 스물여덟 살의 젊고 아름다운 여성으로, 스무 살 연상인 카레닌과 결혼한다. 이는 사랑하는 남녀의 결혼이 아닌 사회적 안정과 품위 유지를 위한 정략결혼이었다. 당시 러시아 귀족 사회에서 정략결혼은 보편적인 관습이었으며, 한편으로는 유럽 중산층의 결혼 방식인 연애 결혼이 인기를 얻기 시작했다. 사회적 분위기에 따라 결혼한 안나는 남편에게 존경심을 느끼긴 했지만, 그 이상의 감정적인 교류는 거의 없었다. 그렇게 사랑 없는 결혼 생활을 해 나가던 안나는 점점 생기를 잃어버리게 된다.

카레닌(Karenin)이라는 이름이 '머리(이성)'를 뜻하는 그리스어 '카레논(καρένον)'에서 유래했다는 설명도 있는데, 이는 모든 일에 이성적이고 예의와 체면을 중시하는 그의 성격과 연관 지은 해석이다. 그는 언제나 정확한 어법을 사용하고 정해진 질서에 따라 움직이며, 부부 관계조차 하나의 의무로 생각했다. 안나는 카레닌과 함께하는 삶 속에서 감정과 열정을 드러내기보다는 절제해야 했고, 언제나 체면을 우선시해야 했다.

그러던 안나는 자신의 육체적 욕구와 사랑을 자극하는 브론스키와 만나며 그와 연인 관계로 발전한다. 도덕적인 삶보다는 생기 넘치는 부도덕을 선택한 것이다.

카레닌은 안나가 브론스키와의 관계를 고백했을 때도 분노하기보다는 체면을 생각하며 반응했다. 혹시라도 맞아 죽을까 봐 두려워 브론스키에게 결투를 신청하지도 못했고, 사회적 체면이 깎일까 봐 이혼도 뒤로 미룬다. 그러고는 남들이 그런 상황을 눈치채지 못하게 예전처럼 행동하기를 요구하는 남편의 거짓된 모습에 안나는 크게 실망한다.

그런데 톨스토이는 카레닌을 단지 냉혈한으로만 그리지 않는다. 안나가 브론스키의 아이를 출산하고 나서 사경을 헤매자 카레닌은 그런 아내를 보며 사랑과 용서의 감정을 느끼는 모습을 보인다.

> "…… 아니, 당신은 나를 용서하지 못해요. 내가 한 짓은 용서받지 못한다는 걸 나도 알아요. 아니, 아니, 가세요. 당신은 너무 착한 사람이에요."
>
> (중략) 카레닌은 정신적으로 점점 더 혼란스러워져 이제는 감당하기 어려웠다. 하지만 묘하게도 그 혼란스러움이 자신이 지금껏 한 번도 느껴 보지 못한 새로운 행복, 불현듯 찾아온 충만함이라는 것을 깨달았다. 그는 자신이 늘 따르고자 했던 그리스도교의 율법, 곧 '원수를 용서하고 사랑하라'는 말이 그를 강요한다고는 생각하지 않았다. 그럼에도 불구하고 안나를 향한 사랑과 용서라는 벅찬 감정이 그의 영

혼에 넘쳐흘렀다.

안나는 이때 카레닌의 아내와 브론스키의 애인이라는 두 개의 자아 사이에서 혼란을 겪으며 횡설수설한다. 불륜이 드러난 뒤 카레닌에게 불합리한 원망을 품던 안나가 그에게 진심 어린 사랑을 표현하고 사죄를 하자 카레닌 또한 진심에서 우러나온 용서를 하게 된다. 그뿐만 아니라 나중에 카레닌은 불륜으로 태어난 딸을 친모인 안나보다 더 깊이 사랑하기도 한다. 그러나 고비를 넘기고 끝내 살아난 안나는 카레닌의 용서와 사랑을 불편해하며 그를 증오한다.

잘못된 사랑 - 안나와 브론스키

브론스키는 흠잡을 데 없이 완벽한 귀족 청년이다. 그는 잘생기고 전도유망한 데다 사교계의 예절과 품위를 몸에 익힌 매력적인 남자이다. 그래서 키티도 그에게 마음을 빼앗기게 된다. 하지만 그는 결혼할 생각도 없이 키티를 유혹하고도 그것이 나쁜 행동이라고 생각하지 않으며, 또 사교계에 큰 영향력을 미치는 어머니를 존경하지도 사랑하지도 않지만 공손하고 정중하게 대한다. 이처럼 브론스키는 자신감이 넘치고 예의범절을 중시하지만, 상대방을 진심으로 대하는 태도는 부족해 보인다.

그러나 기차역에서 안나를 만난 순간, 그는 그녀에게 사로잡힌다. 브론스키를 사로잡은 안나의 매력은 뛰어난 외모나 기품 같은 것이 아니었다. 그녀에게서 뿜어져 나오는 숨길 수 없는 생명력과 눈길을 끄는 기이한 생기, 바로 그것이었다.

브론스키와 안나의 관계는 키티의 시선에서 서술된 무도회 장면에서 결정된다. 금색 가발에다 장미꽃과 레이스 장식이 달린 드레스를 입은 열여덟 살의 키티, 깊게 파인 검은색 벨벳 드레스와 진주 목걸이를 한 중년의 안나가 대비된다. 몸치장으로 자신을 화려하게 보이려는 키티와 달리, 안나는 자연스럽게 자신만의 매력을 뿜어낸다. 브론스키는 그런 안나에게 홀딱 반하고, 안나도 그 상황을 즐기는 모습이 키티의 시선에서 노골적으로 드러난다. 정숙한 부인인 안나는 브론스키를 거절하는 척했지만 서로 끌리고 있었고, 결국 두 사람은 서로 사랑하는 사이가 된다.

그러나 두 사람의 부도덕한 사랑은 첫 만남에서부터 결과가 예정되어 있었다. 두 사람의 관계는 처음부터 끝까지 죽음의 이미지와 함께한다. 첫 만남에서 경비원이 기차에 치여 사망하는 사건이 발생하고, 안나는 이를 불길한 징조로 받아들인다. 둘의 관계가 폭로되는 경마장에서도 브론스키는 그가 아끼던 말인 푸르푸르를 죽게 하고 만다. 또한 안나는 관계가 지속되는 동안 죽음을 예고하는 악몽에 시달린다.

역설적이게도 두 사람의 관계가 진전될수록 둘은 점점 파멸로 나아간다. 안나를 위해 승진 기회뿐 아니라 직업까지 포기한 브론스키는 예술가 행세를 하며 지루함을 달랜다. 한편, 사교계에서 새로운 자리를 모색할 수 있는 브론스키와 달리 사교계로부터 사실상 추방당한 안나는 점차 고립감과 불안이 커져 간다. 생계, 명예, 인맥이 오직 브론스키에게 묶인 안나는 브론스키에게 버림받으면 모든 것이 흔들릴 수밖에 없었다. 그래서 안나는 브론스키의 사랑에 더 집착하지만, 둘 사이는 의심과 갈등이 더 쌓여 갈 뿐이었다. 의심에서 비롯된 말다툼을 멈추기 위해 브론스키가 거짓된 사랑의 말로 안나를 달래지만, 브론스키가 점점 자신을 싸늘하게 대하고 있다는 것을 안나도 느끼게 된다.

"당신이 모스크바로 가면 나도 따라갈래요. 여기 혼자 남는 건 싫어요. 헤어지든지 같이 살든지, 둘 중 하나예요."

"당신은 내가 그 둘 가운데 무얼 바라는지 알잖아. 하지만 그러려면 먼저……."

"이혼하라고요? 남편한테 편지 쓸게요. 더는 이렇게 살 수 없어요. 꼭 당신과 모스크바에 같이 갈 거예요."

"마치 날 위협하는 것 같군. 좋아, 나도 당신과 함께하는 것 말고는 더 바라는 게 없으니까."

브론스키는 미소를 띠며 말했다. 하지만 부드러운 말투와 달리, 그의 눈에는 냉담함과 쫓기느라 잔혹해져 버린 인간의 사악함이 번득였다. 안나는 그 눈빛을 보았고, 그 뜻을 제대로 알아차렸다. '그렇게 된다면, 그건 최악이야!' 그의 눈빛은 그렇게 말하고 있었다. 그것은 잠깐 스친 인상이었지만, 안나는 결코 그것을 잊을 수 없었다.

안나의 변화는 외적인 모습에서도 잘 드러난다. 카레닌의 아내일 때는 남의 이목을 사로잡는 매력적인 여자였고, 세료자의 엄마로서 아들에게 사랑을 쏟아부었다. 그러나 브론스키의 연인으로서는 몸매를 유지하기 위해 임신을 피하고, 집안 살림은 돌보지 않았다. 또 그의 말 상대가 되기 위해 그의 관심사를 세심하게 챙겼으며, 외모를 치장하는 데 엄청난 돈과 시간을 썼다. 게다가 일부러 다른 남자들을 유혹하며 자신의 매력을 과시하기도 했다. 그럴수록 브론스키는 안나에게서 매력을 느끼기보다, 자신을 옭아매는 사랑이라는 이름의 집착이 지긋지긋하게 느껴졌다. 결국 안나는 브론스키를 의심하게 되고, 그에게 복수하기 위해 자살을 선택한다.

그런데 흥미로운 점은 톨스토이가 불륜으로 파멸한 안나와 브론스키에게도 동정의 여지를 남겼다는 것이다. 톨스토이는 둘의 비극을 단지 개인의 문제로만 여기지 않고, 위선적인 사회의 모습과 연결했다. 당시 러시아 상류층은 불륜에 관대한 편이었는데, 다만 겉으로 드러내지는 않았다. 그럼에도 안나를 사교계에서 추방한 까닭은 그녀가 자신의 감정과 상황을 숨기지 않았기 때문이다. 브론스키도 안나와 잠깐의 외도 후 이별했다면 별문제가 되지 않았을 것이다. 그러나 그는 사랑을 위해 많은 것을 포기했고, 그 사랑이 발목을 잡았지만 차마 버릴 수 없었다. 그랬기에 안나가 죽고 나서는 자신의 인생이 가치 없다고 느끼며 죽기 위해 전쟁터로 향한다.

현실과 타협한 결혼 – 스티바와 돌리

스티바가 가정교사와 바람을 피운 사실이 드러나 집안이 아수라장이 된다. 돌리는 배신감과 분노로 남편과의 관계를 끊으려 하지만, 다섯 아이를 둔 현실 앞에서 쉽게 결단하지 못한다.

32세의 공작(公爵)인 스티바는 잘생긴 데다가 경제적으로도 풍족하다. 그는 자유주의 성향을 가지고 있는데, 이는 사상적 측면이 아니라 생활 방식과 성격적인 측면에서 그런 것이다. 그는 사교계의 매너를 잘 알고 유머 감각도 뛰어나서 사람들에게 사랑받지만, 책임감이나 내면의 성찰은 부족하다. 그에게 결혼은 성숙한 사랑의 결실이라기보다 생활의 일부로 흘러가는 습관에 가깝다. 그가 아내에게 용서를 구하는 것도 진심에서 우러난 반성이라기보다 그저 불편한 상황을 모면하고 이전의 삶으로 돌아가려는 마음 때문이다.

반면, 돌리는 현실적인 여성이다. 그녀는 남편의 외도에 분노하면서도, 다섯 아이의 어머니로서 이혼의 대가를 감당할 수 없다는 것을 잘 안다. 안나가 찾아와 가정을 지키라고 조언할 때, 돌리는 그 말을 따라 남편을 용서하고 관계를 회복하려 한다. 현실과 타협한 셈이다. 이후에도 스티바는 바람기를 버리지 못하지만, 돌리는 체념 속에서 일상을 이어 간다. 돌리는 키티와의 대화에서 "아이들이 다 자라면 난 뭐가 될까 생각해요. 아마 아무것도 아니겠죠."라고 말하며 공허한 웃음을 짓는다.

톨스토이는 이 부부를 통해 결혼의 이면을 보여준다. 그들의 결혼 생활이 제도적으로는 유지되지만, 둘 사이의 감정과 신뢰는 이미 무너져 있다. 돌리는 남편의 외도와 사회의 시선을 견디며 일상의 윤리를 지키려 하지만, 그 윤리는 자신을 구속하는 굴레로 작용한다. 결혼을 유지하는 이유가 사랑이 아니라 '아이들과 체면'이라는 사실이야말로 톨스토이가 그린 러시아 가정의 아이러니한 초상이다.

그럼에도 불구하고 톨스토이는 자신의 감정을 좇는 안나의 불륜보다 돌리의 삶을 더 긍정적으로 본다. 스티바의 지속된 외도와 헤픈 씀씀이로 가정 내 재정 위기가 이어지자 돌리는 안나의 불륜을 심정적으로 공감하며 안나의 집을 방문하는데, 이때 돌리는 겉으로는 화려하지만 실상은 불안정한 안나의 삶을 보고 자신의 삶에 대한 가치를 깨닫는다.

돌리는 부유하지도, 젊지도, 자유롭지도 않지만, 현실 속에서 아이를 먹이고 기르는 존재로 남는다. 그녀의 체념은 비극이 아니라 현실의 또 다른 얼굴이다. 스티바와 돌리의 결혼은 현실의 모습을 있는 그대로 보여주며, 서로 다른 이유로 관계를 유지하며 살아간다. 스티바는 여전히 사교계 생활을 즐기고, 돌리는 집 안에서 아이들을 챙긴다. 그것이 바로 톨스토이가 바라본 19세기 러시아의 '일반적인 가정'의 진짜 모습일지도 모른다.

불완전하지만 진실한 결혼 – 레빈과 키티

레빈과 키티의 결혼 생활은 작품에 등장하는 남녀 관계 중 가장 바람직하게 묘사된다. 물론 그들의 결혼 생활도 완벽한 것은 아니다. 여전히 싸우고, 의심하고, 다른 사람에게 눈길을 빼앗기는 등 가정의 평안을 해칠 위험 요소가 다분하다. 그런데도 독자들이 레빈과 키티의 가정을 긍정적으로 생각하는 이유는 두 사람의 사랑이 유일하게 성장하는 사랑으로 그려지기 때문이다.

레빈은 톨스토이의 분신과도 같은 존재이다. '레빈'이라는 이름은 작가의 이름인 '레프'에 어미만 붙여 만든 것이며, 자신의 외모에 자신이 없고 사색적인 시골 지주인 점도 겹친다. 레빈은 진지한 성격 탓에 결혼을 사랑의 결실이 아니라 '삶을 함께해 나가는 것'으로 생각했다. 이런 레빈과는 달리, 젊고 순수한 아가씨인 키티는 사교계의 중심에서 모두의 사랑을 받고 있었기에 사랑이 넘치는 이상적인 결혼을 꿈꾸었다.

브론스키를 좋아하고 있던 키티는 그가 안나에게 구혼했다는 소문을 듣고 마음이 흔들리고, 이때 레빈은 키티에게 청혼을 했다가 거절당한다. 이 일로 레빈은 본인의 영지로 돌아가고, 브론스키에게 실연당해 병이 든 키티는 해외 요양지에서 마담 슈탈과 바렌카를 만나며 삶의 의미를 돌아보게 된다. 한편, 레빈은 시골에서 농민들과 함께 일하며 노동과 삶의 의미를 찾는다. 귀족으로서의 특권을 내려놓고 땀 흘리는 노동 속에서 인간의 보편적 가치를 배우려 한 것이다. 도시에서 안나와 브론스키가 육체적 욕망에 따라 부도덕을 저지르고 있을 때, 두 사람은 도시를 떠나 삶의 의미를 성찰하는 시간을 갖게 된 것이다.

둘의 결합은 이 같은 성숙을 상징적으로 보여준다. 톨스토이는 '부부는 한 몸이고, 부끄러운 부분까지 솔직하게 드러낼 수 있는 진실한 관계여야 한다'고 생각했다. 그래서 실제로 그의 아내에게 자신의 방탕한 과거가 담긴 일기장을 보여주기도 한 것이다. 톨스토이의 분신인 레빈도 이와 비슷한 모습을 보인다. 다른 사람은 이해하기 어려운 자신의 일기를 키티에게 보여주는데, 키티는 그 일기를 읽고 나서 레빈을 이해하고 눈물로 받아들인다. 톨스토이의 생각처럼 '거짓 없는 공개'가 둘의 결속을 단단하게 만들어 준 것이다.

그렇다고 이들의 결혼 생활이 완벽한 것은 아니었다. 레빈은 사소한 일에도 짜증을 내고, 키티는 레빈의 감정 기복 때문에 상처받는다. 또 레빈은 아내를 여러 번 의심하는데, 잘생긴 베슬로프스키가 집에 방문했을 때 키티가 그와 대화하는 것을 보고 근거 없는 질투에 사로잡히기도 했다. 안나가 브론스키가 늦게 들어오는 것만으로도 외도를 의심하며 다그치는 모습과 다르지 않다.

그러나 두 부부가 그 상황에 대처하는 방식을 보면 큰 차이가 있다. 안나의 의심에 찬 다그침에 브론스키는 달콤한 거짓말로 상황을 모면하는 데 급급하지만, 레빈과 키티는 감정을 숨기지 않고 서로의 상처를 인정하며 대화를 나눈 뒤 화해한다. 레빈의 질투는 부끄러운 인간적 결함일 수도 있지만, 그것을 드러내고 극복하려는 노력이 뒤따랐기에 그들의 사랑은 한층 성숙해진다. 레빈과 키티는 서로의 불완전함 속에서 진실을 찾아갔으며, 레빈은 삶의 구원과 의미를 먼 곳에서 찾지 않고 가족의 일상에서 발견하려 했다.

3. 시골과 도시 – 삶의 근원과 타락의 공간

《안나 카레니나》는 도시와 시골이라는 두 세계를 오가며 이야기가 전개된다. 도시와 시골은 단순한 공간적 배경이 아니라 인물들의 내면과 도덕적 상태를 비추는 상징적 공간이다. 도시가 인간의 욕망과 위선을 드러내는 장소라면, 시골은 노동과 자연을 통해 진실한 삶을 회복하는 공간이다.

19세기 러시아 귀족 사회에서 도시는 화려한 사교와 문명의 중심이었다. 그곳에서의 인간관계는 겉으로는 세련되고 점잖지만,

실상은 이해관계와 체면으로 얽혀 있다. 스티바와 안나, 브론스키가 사는 도시의 사람들은 대체로 계산적이며, 타인의 시선에 비치는 자신의 모습을 중요하게 여긴다. 스티바가 가정교사와 바람을 피우고도 아무렇지 않게 웃지만, 혹시라도 주변 사람들이 눈치채지 않았을까 전전긍긍하는 모습에서 그러한 단면을 읽을 수 있다.

도시의 삶은 인간을 타락시킨다. 스티바의 외도, 안나의 불륜은 모두 도시의 허위적 문화 속에서 피어난다. 도덕적 인간의 상징인 레빈조차 도시에 머무는 동안 술과 게임에 빠져 돈을 낭비한다. 심지어 임신한 키티를 두고 안나와 만나 그녀에게 흔들리기까지 한다. 그랬던 그가 시골에 가서는 도덕적 삶을 회복할 수 있었다.

시골은 인간이 자연과 연결되는 공간이다. 여기서의 시골은 도시 사람들이 생각하는 '아름다운 전원 풍경을 감상하는 휴양지'가 아니다. 레빈의 이부형(어머니는 같고 아버지가 다른 형) 세르게이에게 시골은 도시 공간에서 벗어난 휴식의 공간이지만, 레빈에게 시골은 노동과 함께 땀 흘리는 삶이 이루어지는 생활 공간이다. 레빈은 시골에서 농민들과 함께 일하며 노동의 가치를 알아 간다. 나아가 그는, 흙을 만지고 직접 논밭을 일구는 노동의 리듬 속에서 '삶이란 하느님의 질서 속에서 선을 실천하는 것'이라는 깨달음도 얻는다.

시골은 공동체의 가치가 살아 있는 공간이기도 하다. 레빈은 농민들의 순박한 노동과 신앙을 통해 '도덕의 원형'을 발견한다. 그는 자신의 철학적 고뇌를 통해 신을 찾으려 하지만, 결국 페도로프라는 농부와의 대화를 통해 신의 뜻을 느낀다. 레빈의 깨달음은 도시의 학문이나 제도 속에서가 아니라 시골의 자연과 노동 속에서 일어났다. 이는 톨스토이가 도덕과 진실의 근원을 자연의 질서에서 찾으려 했다는 사실을 보여준다.

도시와 시골이라는 두 공간의 대비는 단순히 문명과 자연의 충돌을 의미하는 것이 아니라, '거짓된 삶과 진실한 삶'의 대립으로 볼 수 있다. 도시의 인간은 타인의 눈으로 자신을 평가받으며 살고, 시골의 인간은 자기 양심과 자연의 질서 속에서 살아간다. 도시가 화려한 파티의 조명 아래 욕망을 자극하는 공간이라면, 시골은 소박하지만 자신과 선(善)을 성찰하는 공간인 것이다.

결국 행복한 가정(레빈과 키티)은 시골에, 불행한 가정(안나와 카레닌, 안나와 브론스키, 스티바와 돌리)은 도시에 존재한다는 사실은 '인간이 어디에서 어떻게 살아야 하는가?'에 대한 대답이다. 참된 삶은 도시의 불빛 아래가 아니라 시골의 햇빛과 흙 위에서 가능한 것이다.

4. 죽음과 도덕 - 파멸과 구원의 길

톨스토이는 처음에 이 작품의 제목을 '두 결혼'이라 했다가 나중에

'안나 카레니나'로 바꾸었다. 제목은 '안나 카레니나'지만, 작품은 안나의 이야기와 레빈의 이야기가 순서대로 서술된다. 안나는 세속적 욕망과 사회의 위선 속에서 파멸로 향하고, 진정한 주인공인 레빈은 일상의 삶에서 도덕적 의미를 찾아간다. 톨스토이는 이 두 인물의 대비를 통해 '인간이 어떻게 살아야 하는가?'라는 윤리적이고 철학적인 질문을 던진다.

안나의 죽음 - 문명과 욕망의 끝에서

안나는 사랑 없는 결혼 생활의 공허함 속에서 점점 메말라 가고 있었다. 남편 카레닌과의 관계는 의무로 유지되었다. 그런 안나에게 브론스키와의 만남은 식어 버린 삶에 뜨거운 불꽃처럼 다가온 사건이었다. 둘의 사랑은 사회 규범을 어긴 금지된 일이었지만, 동시에 그녀에게 생기를 되찾아 준 일이었다.

그러나 안나와 브론스키의 불륜 관계가 드러나면서 둘은 사회적 비난과 마주해야 했다. 그리고 "나에겐 이제 아무것도 없어. 당신뿐이야."라는 안나의 말처럼, 그녀는 브론스키에게 집착하고 매달리는 삶을 살게 된다.

안나는 체면을 버리고 제도를 거부하며 사랑 하나에 매달렸지만, 그 결과는 오히려 완전한 고립이었다. 안나의 불륜이 폭로되자 그녀는 순식간에 '부도덕한 여자'로 낙인찍히고 사교계는 그녀를 외면한다. 사교계의 다른 구성원들이 안나보다 더 도덕적이라고 할 수는 없다. 왜냐하면 당시 사교계에서 불륜은 흔한 일이었기 때문이다. 그런데 안나는 '불륜을 대외적으로 드러내지 않는다'는 사교계의 암묵적 규칙을 어겼기 때문에 추방당한 것이다. 그녀의 고립은 단순한 개인의 비극이 아니라 거짓과 위선 속에서 진실을 말한 여인이 겪는 사회적 죽음이었다. 그녀는 가정과 사교계, 심지어 자식에게서도 분리되고 만다.

이때부터 그녀의 세계는 점점 무너진다. 사랑이 식어 가자 불안은 집착으로, 집착은 다시 광기로 변했고, 결국 그녀는 스스로 기차에 몸을 던져 죽음을 맞는다.

레빈의 구원 – '선하게 산다'는 신앙

레빈은 형 니콜라이의 죽음 앞에서 두려움을 느낀다. 죽음 자체보다 죽음과 삶의 의미를 이해할 수 없다는 것이 그를 더 두렵게 했다. 그는 자살 충동에 시달리며 철학과 종교를 탐구하지만, 어느 것도 삶과 죽음의 의미에 대한 답을 주지 못했다. 그런 그가 깨달음을 얻은 것은 한 농부와의 대화에서였다.

> "포카니치처럼 공정한 어르신도 있습니다. 그분은 영혼을 위해 살고, 늘 하느님을 기억합니다."
> "어떻게 하느님을 기억하지? 영혼을 위해 산다는 건 또 뭔데?"
> 레빈은 목소리를 높여 물었다.

"다들 아는 것처럼 진리에 따라 하느님의 뜻대로 사는 거지요. 사람들은 정말 제각각이에요. 주인님도 그렇지요. 주인님도 남에게 모욕을 주지 않으시고……."

이 단순한 대화가 레빈의 마음을 흔들어 놓는다. 삶의 의미는 거창한 사상이나 교리에 있는 것이 아니라, 지금 이 순간을 정직하고 선하게 사는 것에 있음을 깨달았기 때문이다. 그러나 이러한 깨달음을 얻고 나서도 레빈은 여전히 화를 내고 논쟁하며 후회했다. 하지만 레빈은 그런 자신의 한계까지도 받아들였다. 깨달음이 그의 삶을 하루아침에 바꿀 수 없고 그는 여전히 실수도 할 것이지만, 그는 매 순간 선을 행하며 살아갈 것이기에 무의미하지 않다고 믿었다.

이원적 구조 - 파멸과 구원의 평행선

《안나 카레니나》는 안나와 브론스키의 비극적 이야기와 레빈과 키티의 성숙한 사랑 이야기를 병렬적으로 보여준다. 안나와 레빈은 작품에서 단 한 번 만나는데, 그만큼 두 이야기는 서로 교차되지 않고 오직 스티바와 돌리 부부를 매개로 연결될 뿐이다. 당시 이 작품을 '하나의 소설이 아니라 두 개의 소설'이라며 이런 구성을 비판한 작가도 있었다. 그러나 톨스토이는 두 이야기가 내적인 연속성으로 연결되며 '이 작품은 이렇게밖에 쓸 수 없었다'고 말했다. 톨스토이는 안나와 레빈의 이야기를 통해 인간 존재의 양면을 드러내고자 했던 것이다.

안나는 육체적인 욕망을 상징하며, 자신의 감정을 솔직히 드러낸 뒤 파멸에 이른다. 반면, 레빈은 인간의 도덕성과 내적 성찰을 상징한다. 그는 사회적 제도와 교리에서 답을 찾지 못했으나, 평범한 삶 속에서 진리의 빛을 발견한다.

이 작품의 7부에서 안나는 자살로 생을 마감하고, 8부에서는 그녀의 이름조차 거의 언급되지 않는다. 그 자리를 채우는 것은 레빈의 사색이다. 이런 구성을 통해 톨스토이는 작품에서 말하려는 바를 보다 분명히 드러낸다. 안나의 죽음 이후에도 이야기가 계속되는 이유는, 행복과 구원은 열정의 불꽃이 아니라 매일의 일상 속에서 선을 실천하려는 마음에 있다는 것을 보여주기 위함이다.

사람은 무엇으로 사는가

Чем люди живы(What Men Live By), 1885

〈사람은 무엇으로 사는가〉는 톨스토이가 후기 기독교적 인도주의 사상에 심취했을 때 집필한 대표적인 단편소설이다. 이 작품은 톨스토이가 러시아 정교회 교리에서 벗어나 정통 기독교 윤리와 사랑을 강조하며 도덕적 교훈을 담은 이야기들을 집중적으로 창작하던 시기에 쓰였다.

가난한 구두장이 시몬이 추운 겨울날 길가에서 벌거벗은 한 청년 미하일을 발견하고 집으로 데려와 함께 살면서 벌어지는 이야기를 담고 있다. 미하일이라는 정체불명의 청년(사실은 하느님에게 벌을 받아 인간 세상으로 내려온 천사)이 세 가지 질문에 대한 답을 찾는 과정을 보여주는데, 미하일은 인간의 삶을 관찰하며 세 가지 질문에 대한 답을 발견하게 된다.

톨스토이는 이 이야기를 통해 진정한 인간의 생명력과 행복의 근원은 이기심이나 물질적 욕구가 아니라, 하느님에 대한 믿음을 바탕으로 한 이웃에 대한 사랑과 헌신임을 역설한다. 인간은 물질적인 보살핌(자신에게 필요한 것)만으로는 살 수 없으며, 서로 사랑함으로써 비로소 생명을 얻고 살아갈 수 있다는 단순하지만 강력한 도덕적 진리를 담고 있다.

1. 작품 읽기

1

한 구두장이가 처자식과 함께 살고 있었다. 그는 가진 거라고는 아무것도 없었고, 오직 구두를 만들고 수선하는 일을 하며 살아갔다. 그런데 곡식값은 비싸고 품삯은 싸다 보니 늘 먹고살기 힘들었다.

구두장이에게는 아내와 같이 입는 모피 외투 한 벌이 있었는데, 다 낡아 빠져서 누더기나 마찬가지였다. 그래서 양가죽을 사서 새 외투를 지어 입어야겠다고 2년째 벼르고 있었다.

가을이 되어 구두장이에게 조금 여유가 생겼다. 아내가 장롱 안에 3루블을 모아 두었고, 마을 농부들에게 받을 돈이 5루블 25코펙 정도 되었다. 그래서 하루는 구두장이가 아침부터 양가죽을 사러 마을에 갈 준비를 했다. 그는 아침밥을 먹고 나서, 그의 아내가 얼마 전에 자기가 입으려고 만든 무명 재킷을 셔츠 위에다 껴입고는 낡은 외투를 걸치고 나섰다. 외투 주머니에 3루블을 챙겨 넣고, 나뭇가지로 만든 지팡이를 짚고 마을로 향했다.

구두장이는 마을에 도착해서 돈을 빌려준 농부의 집을 찾아갔다. 그런데 그 농부는 집에 없었고 그의 부인이 나와서 '일주일 안에 돈을 갚겠다'고 말했다. 구두장이는 다른 농부를 찾아갔고, 그 농부도 돈이 없다고 말하면서 신발 수선비 20코펙만 주었다.

그래서 구두장이는 양가죽을 외상으로 사려고 했는데, 가죽 장수가 외상은 안 된다면 이렇게 말했다.

"현금으로 사면 좋은 걸로 줄게요. 외상이라면 지긋지긋해요."

구두장이는 양가죽을 사기는커녕 겨우 신발 수선비 20코펙만 받고, 또 어느 농가에서 다 떨어진 신발에 난 구멍을 꿰매 주는 일감을 얻었을 뿐이다. 속이 상한 구두장이는 가진 돈을 다 털어 술을 마셔 버리고는 양가죽을 사지 못한 채 집으로 향했다. 아침에 나설 때는 추웠지만 술을 한잔 마시고 나니 외투를 입지 않아도 몸이 후끈거렸다.

구두장이는 한 손에 든 지팡이로 울퉁불퉁 언 땅을 짚으며 걸었다. 한 손으로는 낡은 신발을 흔들면서 중얼거렸다.

"제기랄! 외투를 걸치지 않아도 따뜻하군. 술 한 병에 온몸의 피가 끓어오르니, 외투 같은 건 없어도 돼. 이 정도로는 끄떡없다 이거야. 그런데 마누라가 가만있을지 모르겠군. 크어억! 다음번에도 돈을 갚지 않으면 모자를 잡아채 버릴 거야. 그럼 그럼, 그렇게 하고 말 테야. 도대체 이럴 수가 있나, 치사하게 20코펙이 뭐야! 도대체 그걸로 뭘 하냐고. 술밖에 더 마시냐고. 너희가 곤란한 만큼

나도 곤란하다고. 너희는 집도 있고 가축도 있지만, 난 몸뚱이밖에 없단 말이다. 너희는 직접 빵을 구워 먹지만, 나는 사 먹어야 해. 에누리 없이 일주일에 빵값만 3루블을 써야 한단 말이다. 돌아가면 빵도 없을 테니, 또 1루블 반은 나가겠군. 그러니까 너희가 내 돈을 갚아 줘야 한다고."

마침내 구두장이는 길모퉁이에 있는 교회에 이르렀다. 교회 뒤쪽에서 무언가 희끄무레한 것이 보였다. 구두장이가 자세히 보려 했지만 이미 해가 지고 있어서 잘 알아볼 수가 없었다.

'저기에 돌덩이 같은 것은 없었는데…… 혹시 소일까? 사람이라고 하기엔 너무 희끄무레하고, 또 저기에 있을 리도 없고…….'

구두장이는 혼자 생각하면서 그쪽으로 다가갔다. 점점 그 모습이 뚜렷해졌는데, 그것은 사람이었다. 누군가 알몸으로 교회 벽에 기대앉아서 죽었는지 살았는지 꼼짝도 안 하고 있었다. 구두장이는 겁이 났다.

'누가 이 사람을 죽이고 나서 옷을 빼앗아 입고는 여기에다 버린 모양이야. 가까이 갔다가는 나중에 무슨 변을 당할지도 몰라.'

그래서 구두장이는 그냥 지나쳤다. 교회 모퉁이를 돌아서서 보니 그 사람의 모습이 보이지 않았다. 한참 가다가 다시 돌아보았다. 그 사람이 벽에서 떨어져 움직이기 시작했다. 어쩐지 이쪽을 향하는 것 같았다. 구두장이는 더욱 두려운 생각이 들었다.

'다가가 볼까, 그냥 갈까? 다가갔다가 봉변이라도 당하면 큰일

날 텐데. 저자가 누군지도 모르고, 멀쩡한 사람이 저런 곳에 있을 리가 없잖아. 덤벼들어서 나를 죽일지도 몰라. 자칫 골치 아파질 거야. 도대체 저 알몸뚱이를 어쩐단 말인가? 내가 입고 있는 걸 벗어서 줄 수도 없고…… 에라 모르겠다. 그냥 가 버리자.'

그렇게 마음을 정하고는 걸음을 재촉했다. 그러나 교회 앞을 다 지나칠 때쯤 양심에 찔리기 시작했다. 그래서 구두장이는 길 한가운데서 발걸음을 멈추고 중얼거렸다.

"뭘 하고 있는 거냐, 시몬! 사람이 변을 당해서 죽어 가고 있는데 너는 겁을 집어먹고 도망치려고 하다니. 네가 대단한 사람이냐? 부자라서 가진 물건을 빼앗길까 봐 겁이 나는 것이냐? 시몬, 그러면 안 되지."

그러고는 구두장이 시몬이 뒤돌아 그에게로 다가갔다.

2

시몬은 그에게로 다가가 자세히 살펴보았다. 젊은 사내라서 힘도 있을 듯하고 몸에 얻어맞은 흔적도 없었다. 그런데 몸이 꽁꽁 얼어서 제대로 움직이기 어려운 듯했다. 벽에 기대앉은 채 시몬 쪽을 보려고도 하지 않았다.

쇠약해질 대로 쇠약해져 얼굴을 들 수도 없어 보였다. 시몬이 다가가자 그제야 정신이 든 듯 고개를 돌려 시몬을 바라보았다. 시몬은 그의 눈빛이 마음에 들었다. 그래서 헌 신발을 땅바닥에 내동댕

이치고 허리띠를 끌러 신발 위에 놓은 다음 외투를 벗었다.

"이러고 있을 때가 아니야. 자, 이걸 입어요. 어서!"

시몬은 그를 부축하여 일으켰다. 그는 단정한 몸에 귀여운 얼굴을 하고 있었다. 시몬이 그의 어깨에 외투를 걸쳐 주려 했지만 소매 안으로 팔이 잘 들어가지 않았다. 시몬은 두 팔을 간신히 끼운 다음 옷자락을 잡아당겨 앞을 여민 다음 허리띠를 매어 주었다. 그리고 헌 모자를 벗어 그에게 씌워 주려고 하다가, '나는 짧은 머리지만 이 사내는 긴 곱슬머리가 더부룩하게 자라 있어.'라고 생각하고는 도로 모자를 썼다. 구두장이는 '그보다도 이 사람에게 신발을 신겨 줘야지.'라고 생각하고는 그를 앉혀 신발을 신겨 주었다.

"이젠 됐다. 자, 이번엔 좀 움직여서 언 몸을 녹여야 해. 걸을 수 있겠나?"

그는 멀뚱히 서서 감동한 듯한 표정으로 시몬의 얼굴을 바라볼 뿐 아무 말도 없었다.

"왜 말을 안 하는 거야? 이런 데서 겨울을 날 셈이야? 집으로 돌아가야지. 자, 여기 내 지팡이가 있으니까 몸이 말을 듣지 않거든 이걸 짚게. 자, 한번 걸어 봐."

그러자 그는 걷기 시작했고, 조금도 뒤처지지 않고 잘 걸었다. 두 사람이 길을 걷기 시작했을 때 시몬이 물었다.

"자네는 대체 어디서 왔나?"

"저는 이 마을 사람이 아닙니다."

"이 마을 사람은 내가 다 알지. 그래, 왜 이런 곳까지 왔나? 교회 근처까지 말이야."

"그건 말씀드릴 수 없습니다."

"틀림없이 나쁜 놈들이 이런 짓을 했을 거야. 그렇지?"

"그렇지 않습니다. 저는 신에게 벌을 받았지요."

"그야 물론 모든 일이 다 신의 뜻이긴 하지. 그렇더라도 어디 좀 들어가서 쉬어야 할 텐데. 자네, 어디로 갈 건가?"

"어디든 상관없습니다."

시몬은 깜짝 놀랐다. 불한당 같지도 않고 말씨도 공손한데, 자신의 신상에 관한 이야기는 하려 하지 않았다. 시몬은 '그야 물론 세상에는 말 못 할 일도 많기는 하지.'라고 생각했다.

시몬이 사내에게 말했다.

"우리 집에 가는 게 어때? 불을 쬘 수 있어."

시몬은 집을 향해 걸었다. 낯선 사내는 한 발짝도 뒤처지지 않고 나란히 따라 걸었다. 찬 바람이 시몬의 루바시카(블라우스와 비슷한 러시아의 남성용 겉옷) 밑으로 스며들었다. 차차 술이 깨면서 추워졌다. 시몬은 콧물을 훌쩍거리며 몸에 걸친 재킷 앞자락을 여미고 걸으면서 생각했다.

'아니 이게 무슨 일이야. 양가죽을 사러 갔다가 양가죽은 고사하고 벌거숭이 사내까지 달고 가게 됐으니, 이거 마트료나가 야단일 텐데.'

마트료나를 생각하자 시몬의 마음이 무거워졌다. 그러나 옆의 낯선 사내가 교회 뒤에서 자기를 쳐다보던 눈빛을 생각하자 마음이 다시 밝아졌다.

3

시몬의 아내는 얼른 일을 마쳤다. 장작을 패고 물을 긷고 아이들과 함께 저녁 식사를 끝냈다. 그러고는 생각에 잠겼다.

'빵을 굽는 일을 오늘 할까, 내일로 미룰까?'

아직 빵은 큰 것이 한 조각 남아 있었다.

'시몬이 거기서 점심을 먹고 온다면 저녁은 많이 안 먹겠지. 그렇다면 내일 빵은 이것으로 충분해.'

마트료나는 빵 조각을 만지작거리며 또 생각했다.

'오늘은 빵을 굽지 말아야겠다. 밀가루도 얼마 남지 않았으니, 이걸로 금요일까지 먹도록 하자.'

마트료나는 빵을 치우고 테이블 옆에 앉아 남편의 루바시카를 깁기 시작했다. 마트료나는 바느질을 하면서 남편이 어떤 모피를 사 올지 생각했다.

'모피 장수에게 속아 넘어가지는 않았겠지. 그래도 사람이 워낙 좋으니 알 수 없어. 그이는 절대 남을 속이지 못하지만, 어린아이도 그이를 속여 먹는 것쯤은 문제없으니 말이야. 어쨌든 8루블이면 큰돈이니까 좋은 모피를 사 올 수 있겠지. 특상품의 부드러운 가죽은 아니라도 괜찮아. 작년 겨울에는 모피 외투가 없어서 얼마나 고생했던가. 강에도 산에도 갈 수가 없었지. 지금도 마찬가지야. 옷이란 옷은 모조리 입고 나가 버리니까 나는 걸칠 것도 없어. 그리 일찍 떠난 건 아니지만 이제 올 때가 됐는데……. 아니, 이 양반이 또 술타령을 하고 있는 게 아닐까.'

마트료나는 바늘겨레에 바늘을 꽂고 입구 쪽으로 나갔다. 그런데 남편과 어떤 남자가 함께 들어오는 것이 아닌가. 시몬 옆의 낯선 사내는 맨발에 헌 신발을 신고 모자도 없이 서 있었다.

마트료나는 이내 남편이 술을 마셨다는 것을 알았다. '역시 마시고 왔구나.' 남편은 외투도 입지 않은 옷차림인데, 게다가 손에는 아무것도 들지 않은 채 말없이 서 있었다. 마트료나는 화가 치밀어 올랐다.

'그 돈으로 몽땅 마셔 버린 게 틀림없어. 알지도 못하는 건달이랑 퍼마시고 한술 더 떠 집에까지 끌고 왔구나.'

마트료나는 두 사람을 앞세우고 뒤를 따라 들어가다가 생판 모르는 젊고 빼빼 마른 사내가 입고 있는 외투가 바로 자기네 것임을 알았다. 외투 안에 셔츠를 입은 것 같지도 않았고 모자도 없었다. 집 안으로 들어온 젊은 사내는 그냥 그 자리에 선 채 움직이지도 않고 눈을 들어 쳐다보지도 않았다. 그래서 마트료나는 그가 무슨 잘못을 저질러 겁을 내고 있는 거라고 생각했다.

마트료나는 얼굴을 찡그리고 벽난로 쪽으로 떨어져 서서 두 사람의 행동을 살폈다. 시몬은 모자를 벗고 태연하게 의자에 앉았다.

"여보, 마트료나. 식사 준비를 해야지."

마트료나는 무어라고 중얼거릴 뿐 벽난로 옆에 선 채 움직이지 않고 두 사람을 번갈아 쳐다보며 고개를 갸웃거릴 뿐이었다. 시몬은 아내가 화났다는 것을 알고 할 수 없다는 듯이 사내의 손을 잡으며 말했다.

"자, 앉게. 저녁을 먹어야지."

낯선 사내는 의자에 앉았다.

"그래, 아무것도 준비하지 않았어?"

마트료나는 화가 나서 대답했다.

"왜 안 해요. 하긴 했지만 당신을 위해서가 아니에요. 보아하니 염치까지 홀랑 마셔 버린 모양이네요. 양가죽을 사러 간다더니 가죽은커녕 있던 외투까지 없앤 데다 건달까지 데리고 오다니. 당신들 같은 주정뱅이에게 줄 저녁은 없어요. 뭐 그런 건 어떻든 좋아요. 그런데 돈은 어디 있어요? 말해 봐요."

시몬은 외투 주머니를 더듬어 돈을 꺼냈다.

"여기 돈 있잖아. 트리포노프가 주질 않더군. 다음에 꼭 주겠다고 약속하긴 했지만."

마트료나는 더욱더 화가 치밀었다.

'모피도 사지 않고 단 하나밖에 없는 외투를 낯선 벌거숭이에게 입혀서 집으로 끌고 오다니.'

마트료나는 테이블 위에 놓인 돈을 집어 장롱 속에 넣으며 말했다.

"저녁은 없어요. 벌거숭이 술주정뱅이까지 일일이 챙기다가는……."

"여보, 마트료나. 말 좀 조심해. 내 말 좀 들으라니까."

"당신 같은 주정뱅이한테 내가 무슨 말을 들어야 한다는 거죠? 나는 처음부터 당신 같은 술꾼이랑 결혼하고 싶지 않았어요. 그런데 그만…… 어머니가 주신 옷감도 당신이 술값으로 없앴죠. 모피 사러 간다더니 그것마저 다 마시고 오다니……."

시몬은 아내에게 자기가 마신 것은 고작 20코펙뿐이라고 이야기하고 이 사내를 데려오게 된 까닭도 밝히려 했지만, 마트료나가 말할 틈을 주지 않았다. 어디서 쏟아져 나오는지 단번에 두 마디씩 지껄이니, 시몬이 끼어들 틈이 없었다. 마트료나는 십 년도 더 지난 옛날 일까지 들춰내었고, 마구 욕설까지 퍼부으면서 시몬의 곁으로 달려가 옷소매를 낚아챘다.

"자, 내 옷을 돌려줘요. 하나밖에 없는 내 옷을 뺏어 입고 염치도 좋지. 빨리 여기 벗어 놔요. 못난 인간 같으니라고. 차라리 죽어 버리기나 하지."

시몬이 아내의 무명 재킷을 벗으려는데 한쪽 소매가 뒤집어졌다. 그때 마트료나가 그것을 잡아당겨 솔기가 부드득 뜯겨 나갔다. 마트료나는 재킷을 빼앗아 입고 문 쪽으로 달려갔다. 그러고는 나가 버리려고 하다가 발을 멈췄다. 속상하긴 하지만 이 사내가 누구인지 알아야겠다고 생각했던 것이다.

4

마트료나는 발길을 멈추고 말했다.

"온전한 사람이라면 벌거숭이로 있을 리가 없어요. 그런데 이 사람은 셔츠도 안 입고 있잖아요. 당신이 나쁜 짓을 하지 않았다면, 어디서 이 사람을 끌고 왔는지 왜 말을 못 하는 거예요?"

"내가 말했잖아. 집으로 돌아오는 길에 교회 담 밑에 이 사람이 알몸으로 거의 얼어붙은 채 기대앉아 있었다고 말이야. 글쎄 여름도 다 지나갔는데 알몸이지 뭐야. 마침 하늘이 도와서 내가 그리로 지나오게 됐으니 망정이지, 그러지 않았더라면 죽고 말았을 거야. 살아가다 보면 언제 무슨 일을 당할지 누가 알겠어. 그래서 외투를 입혀 데리고 왔지. 마트료나, 당신도 좀 그만하고 마음을 가라앉혀요. 누구든 한 번은 죽는 법이니까."

마트료나는 다시 욕설을 퍼부으려고 하다가 문득 낯선 사내를 쳐다보자 말문이 막혔다. 그는 죽은 듯이 앉아 있었다. 의자 끝에 앉은 채 꼼짝도 하지 않았다. 두 손을 무릎 위에 올려놓고 목을 가슴까지 떨구고는 뭔가가 목을 조르기라도 하는 듯 잔뜩 얼굴을 일그러뜨리고 있었다.

마트료나가 입을 다물고 있자 시몬이 이렇게 말했다.

"마트료나, 당신에겐 하느님도 없어?"

이 말을 듣고 마트료나는 다시 한번 낯선 사내를 쳐다보았다. 차츰 마트료나의 기분이 풀어졌다. 그녀는 문 앞에서 발길을 돌려 난로 한쪽 구석으로 가서 저녁 준비를 하기 시작했다. 컵을 탁자 위에 놓고 크바이스(러시아인의 음료로 귀리와 엿기름으로 만든 맥주의 일종)를 따른 뒤 남은 빵을 잘라 내놓았다. 그리고 나이프와 숟가락을 놓으면서 말했다.

"식사하세요."

시몬은 낯선 사내를 식탁으로 데리고 갔다.

"앉게, 젊은이."

시몬은 빵을 잘게 자른 다음 둘이서 먹기 시작했다. 마트료나는 식탁 한쪽 끝에 앉아서 턱을 괸 채 낯선 젊은이를 바라보았다. 마트료나는 이 젊은이가 가엾다는 생각이 들어 돌봐 주고 싶은 생각이 들었다. 그러자 갑자기 낯선 사내는 기쁜 표정을 짓더니 찡그리던 눈썹을 펴고 마트료나 쪽으로 눈길을 돌려 싱긋 웃었다. 식사가 끝나자 마트료나는 식탁을 치우고 낯선 사내에게 물었다.

"도대체 당신은 어디 사는 사람이죠?"

"저는 이 마을 사람이 아닙니다."

"그런데 왜 거기에 있었나요?"

"그건 말할 수 없습니다."

"강도라도 만났나요?"

"저는 하느님께 벌을 받았습니다."

"그래서 벌거숭이가 되어 자고 있었단 말이에요?"

"네. 그래서 알몸으로 자다가 얼어 죽을 뻔했던 겁니다. 그것을 시몬이 보고 가엾게 여겨 입고 있던 외투를 벗어 제게 입히고 집으로 가자고 했던 거예요. 또 여기 오니까 아주머니가 저를 불쌍히 여겨 먹고 마시게 해 주셨습니다. 두 분에게는 신이 은총을 내려주실 겁니다."

마트료나는 일어서서 좀 전에 기워 놓은 시몬의 낡은 셔츠를 창가에서 가져다가 낯선 사내에게 건네주었다. 그리고 속바지도 찾아서 주었다.

"어디든 마음에 드는 자리에 누워서 자요. 침대 위나 벽난로 옆이나."

사내는 외투를 벗고 셔츠를 입은 다음 침대 위에 몸을 뉘었다. 마트료나는 등불을 들고 외투를 집어 남편이 있는 데로 갔다.

마트료나는 외투를 덮고 누웠으나 통 잠이 오지 않았다. 낯선 사내의 일이 머릿속에서 떠나지 않았기 때문이다. 그가 조금 남았던 빵을 다 먹어 버려 내일 먹을 빵이 없다는 것과 셔츠랑 속바지를 내어준 일을 생각하니 아쉬운 마음이 들었으나, 그가 싱긋 웃던 것을 생각하니 마음이 밝아지는 것 같았다. 오래도록 마트료나는 잠을 이루지 못했다. 시몬도 역시 잠들지 못하고 외투 자락을 잡아당기곤 했다.

"남은 빵을 다 먹어 버렸는데 반죽을 해 두지도 않았으니 내일은 어떻게 하지? 이웃 마라냐 집에 가서 좀 꿔 달라고 할까?"

"산 입에 거미줄이야 치려고."

마트료나는 한참 동안 가만히 누워 있었다.

"그런데 저 사람, 나쁜 사람은 아닌 것 같은데 왜 자신에 관한 이야기를 하지 않을까요?"

"아마 말 못 할 사정이 있겠지."

"시몬!"

"응?"

"우리는 남을 도와주는데 왜 남들은 아무도 우리를 도와주지 않을까요?"

시몬은 뭐라고 대답해야 좋을지 몰랐다.

"뭘 자꾸 그러는 거야."

이렇게 말하고는 휙 돌아누워 그냥 잠들고 말았다.

5

이튿날 아침, 시몬은 잠에서 깼다. 아이들이 일어나기 전에 마트료나는 이웃에 빵을 꾸러 갔다. 어제의 그 낯선 사내는 낡은 셔츠와 속바지를 입은 채 의자에 앉아 천장을 바라보고 있었다. 그의 얼굴은 어제보다 밝았다.

"어때, 젊은이? 배 속은 빵을 달라 하고 알몸뚱이는 옷을 원하니, 벌이를 해야 하지 않겠나? 자네는 무슨 일을 할 줄 알지?"

"저는 아무것도 할 줄 모릅니다."

시몬은 깜짝 놀랐지만 이렇게 말했다.

"할 마음이 있으면 되는 거야. 사람은 뭐든지 배워야 해."

"다들 일하는데, 저도 해야죠."

"자네 이름을 뭐라 부르지?"

"미하일입니다."

"이봐, 미하일. 자네는 신상 이야기를 하고 싶지 않은 모양인데 그건 아무래도 좋아. 굳이 듣고 싶은 것도 아니니까. 하지만 밥벌이는 해야 해. 내가 시키는 일을 하면 자네를 먹여 주지."

"고맙습니다. 열심히 배우고 익히겠습니다. 뭐든지 가르쳐 주십시오."

시몬은 실을 집어 손가락에 감고 꼬기 시작했다.

"그리 어려운 건 아니야. 자, 보라고."

미하일은 잠깐 들여다보더니 금방 배워 시몬과 마찬가지로 실을 손가락에 감아 꼬았다. 시몬이 돼지털을 바늘에 꿰어 꿰매는 일을 해 보이자 그것도 금방 배웠다. 미하일은 시몬이 어떤 일을 가르쳐도 금방 배웠고, 사흘 뒤에는 벌써 일을 시작하게 되었다. 그 솜씨가 마치 이제까지 구두를 꿰매 온 것처럼 좋았다. 미하일은 허리를 펼 사이도 없이 부지런히 일만 하고 밥은 조금밖에 먹지 않았다. 한가할 때는 멍하니 천장만 쳐다보았다. 밖으로 나가지도 않고 농담도 하지 않고 웃지도 않았다.

미하일이 싱긋 웃은 것은 처음 왔던 날 마트료나가 저녁 준비를 했을 때뿐이다.

6

하루하루가 지나고 어느덧 1년이라는 세월이 흘렀다. 미하일은 여전히 시몬 집에 함께 살면서 일했는데, 시몬의 보조공으로 소문이 널리 퍼졌다. '시몬의 보조공 미하일만큼 모양 좋고 튼튼한 구두를 만드는 사람은 없다'고 소문이 나 이웃 마을에서까지 신발 주문이 밀려들어 시몬의 수입은 점점 늘어났다.

어느 겨울날이었다. 시몬이 미하일과 마주 앉아 일하고 있었는데 방울을 잔뜩 단 삼두마차 소리가 요란히 들렸다. 창밖을 바라보니 그 마차가 가게 앞에 섰다. 그리고 젊은 사람이 마부석에서 뛰어내려 마차 문을 열어 주자 마차 안에서 모피 외투를 입은 신사가 내렸다. 그리고 시몬의 가게 입구 층계를 올라왔다. 마트료나는 문을 활짝 열었다. 신사는 몸을 굽히고 안으로 들어와 허리를 쭉 폈는데, 머리가 거의 천장에 닿을 듯하고 방 안이 신사의 몸뚱이로 꽉 들어차는 것 같았다.

시몬은 일어서서 인사하면서도 신사의 큰 몸집을 보고 벌린 입을 다물지 못했다. 이런 사람은 처음 보았다. 시몬도 살집이 없는 편이고 미하일도 깡마른 편이었으며 마트료나조차도 마른나무 잎

사귀처럼 살이 없었다. 그런데 이 신사는 다른 나라에서 왔는지 얼굴은 불그스름하니 윤이 나고 목은 황소처럼 굵어서 마치 몸뚱이 전체가 무쇠로 된 것 같았다.

신사는 후욱 숨을 크게 내쉬더니 모피 외투를 벗고는 의자에 앉아서 말했다.

"이 가게 주인은 누구요?"

시몬이 나서며 말했다.

"제가 주인입니다, 나리."

그러자 신사는 자기가 데리고 온 젊은이에게 커다란 소리로 명령했다.

"페지카, 그걸 이리 가져와."

젊은이가 달려가더니 무슨 꾸러미를 가지고 왔다. 신사는 꾸러미를 받아 테이블 위에 놓더니 그 젊은이에게 풀라고 했다. 젊은이가 꾸러미를 풀었다. 신사는 거기서 나온 가죽을 손가락으로 가볍게 찌르며 시몬에게 말했다.

"주인, 이 가죽이 무슨 가죽인지 알겠나?"

"네, 알겠습니다."

"이봐, 이 가죽이 무슨 가죽인지 안단 말인가?"

시몬은 가죽을 만져 보고 나서 대답했다.

"썩 좋은 가죽입니다."

"그야 물론 틀림없이 좋은 가죽이지. 자네는 이제껏 이런 가죽을 보지 못했을 거야. 독일제 가죽이거든. 20루블이나 주었다고."

시몬은 겁을 집어먹은 듯 말했다.

"저 같은 사람이 어찌 구경이나 했겠습니까?"

"그야 당연하지. 어디 이 가죽으로 내 발에 꼭 맞는 구두를 만들 수 있겠나?"

"만들 수 있고말고요."

신사는 느닷없이 소리 질렀다.

"만들 수 있다고? 너는 누구의 구두를 만드는지, 무슨 가죽으로 만드는지 명심해야 해. 나는 1년을 신어도 찢어지지 않고 모양이 변하지 않는 구두를 원해. 그렇게 만들 수 있다면 내일이라도 작업을 시작해. 하지만 안 될 것 같으면 손도 대지 말아. 미리 말해 두겠는데, 만약 구두가 1년도 채 되지 않아 찢어지거나 모양이 변하거나 하면 네놈을 감옥에 넣어 버릴 테다. 만약 1년이 넘도록 모양이 변하지 않고 찢어지지도 않으면 10루블을 덤으로 주지."

시몬은 겁이 버럭 나서 대답할 말을 잃고 미하일 쪽을 돌아다보았다. 그러고는 발꿈치로 미하일을 꾹 찌르면서 작은 목소리로 물었다.

"이봐, 어떻게 하지?"

미하일은 '그 일을 맡으십시오.' 하는 듯이 고개를 살짝 끄덕였다. 시몬은 미하일의 고갯짓을 보고 1년 동안 일그러지지도 찢어지지도 않을 구두를 주문받았다.

신사는 젊은이를 불러서 자신의 왼쪽 구두를 벗기게 하고는 다리를 쭉 폈다.

"치수를 재시게."

시몬은 한 자 이상이나 되는 종이를 꿰매어 붙여 자리에 펴고 두 무릎을 끓고서 신사의 양말을 더럽힐까 봐 앞치마에 손을 잘 닦은 다음 치수를 재기 시작했다. 바닥을 재고, 발등 높이를 재고, 종아리를 잴 차례가 되었는데 종이 양 끝이 마주 닿지 않았다. 신사의 종아리가 통나무만큼이나 굵었기 때문이다.

"정신 차려서 해. 거길 좁게 해서는 안 돼."

시몬은 다시 종이를 덧붙였다. 신사는 의젓하게 앉아 양말 속의 발가락을 꼼지락꼼지락 놀리면서 방 안 사람들을 둘러보고 있다가 미하일을 보더니 "저건 누구야?" 하고 물었다.

"이 가게 직공인데 그가 구두를 만들 겁니다."

"똑똑히 알아 둬라. 1년간은 끄떡도 하지 않도록 꿰매야 한다."

신사는 이렇게 미하일에게 말했다. 시몬도 미하일을 돌아보았다. 그런데 미하일은 신사의 얼굴은 보지 않고 그 뒤 구석을 응시하고 있었다. 마치 누구인지를 알아내려고 하는 듯한 표정이었다. 물끄러미 응시하고 있던 미하일은 갑자기 싱긋 웃더니 얼굴이 활짝 밝아졌다.

"너는 왜 바보처럼 싱글거리고 있는 거야? 정신 차려서 기한 내에 만들어 낼 생각이나 하지 않고."

그러자 미하일이 말했다.

"네, 그렇게 하겠습니다."

"좋아, 좋아."

신사는 구두를 신고 모피 외투를 입고는 문간 쪽으로 걸음을 옮겼다. 그런데 허리 굽히는 것을 잊어서 이마를 세게 문에 부딪혔다. 신사는 욕설을 퍼붓고 이마를 문지르며 마차를 타고 가 버렸다.

신사가 나가자 시몬이 말했다.

"정말 어마어마한 분이야. 그분은 큰 도끼로도 죽이지 못할 거야. 방이 흔들리도록 이마를 부딪혔는데도 별로 아프지 않은 모양이던데."

그러자 마트료나도 말했다.

"그렇게 부유한 생활을 하니까 체격도 좋은 거겠죠. 저런 튼튼한 사람에게는 염라대왕도 감히 접근하지 못할걸요."

7

시몬이 미하일에게 말했다.

"일을 맡긴 했지만, 이거 까딱 잘못하는 날엔 감옥살이야. 가죽도 비싼 데다 그분 성깔이 대단하시니, 실수하지 말아야 할 텐데……. 자, 자네는 눈도 밝고 솜씨도 나보다 나으니 여기 이 치수 잰 것을 주겠네. 나는 겉가죽을 꿰맬 테니까……."

미하일은 시킨 대로 신사가 준 가죽을 탁자 위에 펼쳐 놓은 다음

칼을 들어 재단하기 시작했다. 마트료나는 미하일 옆으로 다가가 미하일이 재단하는 것을 보고 깜짝 놀랐다. 마트료나도 이제 구두 만드는 일에는 익숙한데, 가만히 보니 미하일은 신발의 모양과는 전혀 다르게 둥글게 가죽을 자르고 있었다. 마트료나는 이야기를 할까 하다가 생각했다.

'아마 내가 그 신사의 구두를 어떻게 만들 것인지 잘 듣지 못했는지도 몰라. 미하일이 더 잘 알고 있을 테니 참견하지 말아야지.'

미하일은 가죽 재단을 마치고 실을 바늘에 꿰어 꿰매기 시작했다. 그런데 그것은 구두를 꿰매는 두 겹 실이 아니라 슬리퍼를 꿰매는 한 겹 실이었다. 그것을 보고 마트료나는 또 크게 놀랐으나 역시 참견하지 않았다. 미하일은 열심히 꿰맬 뿐이었다.

점심때가 되어 시몬이 일어나 보니, 미하일은 신사가 준 가죽으로 슬리퍼를 꿰매 놓은 것이었다. 시몬은 "앗!" 하고 크게 소리 질렀다. 그러고는 속으로 생각했다.

'이게 대체 웬일일까. 미하일은 1년이나 우리와 같이 지내면서 한 번도 실수한 적이 없었는데 이런 잘못을 저지르다니. 그 신사분은 굽이 있는 구두를 주문했는데 미하일은 평평한 슬리퍼를 만들어 버렸으니, 가죽을 버리게 생겼군. 그분한테는 뭐라고 변명한단 말인가? 이런 가죽은 구하기도 어려울 텐데…….'

시몬은 미하일에게 말했다.

"이봐, 이게 무슨 짓인가? 자네는 나를 못살게 하는 거나 마찬가지야! 신사분은 구두를 주문했는데 자네는 도대체 뭘 만든 건가?"

시몬이 미하일에게 말을 하는데 바깥문의 손잡이가 덜컹거리더니 누군가가 문을 두드렸다. 창문으로 내다보니 누가 타고 온 말을 비끄러매고 있는 중이었다. 나가 보니 그 신사의 하인이었다.

"안녕하십니까?"

"어서 와요. 무슨 볼일이라도?"

"구두 만드는 일로 마님께서 심부름을 시켜서 왔습니다."

"구두 만드는 일로?"

"구둔지 뭔지⋯⋯ 하여간 그건 이제 필요 없게 되었어요. 주인 어른이 돌아가셨으니까요."

"아니 뭐라고요?"

"여기서 집으로 돌아가시는 도중에 마차 안에서 돌아가셨어요. 마차가 집에 도착해서 내리는 걸 도와드리려고 보니까 어르신이 짐짝처럼 뒹굴고 있지 않겠습니까. 돌아가신 거지요. 간신히 마차에서 끌어 내렸답니다. 그래서 마님께서 저한테 '너, 구둣방에 가서 이렇게 전해라. 아까 주문한 구두는 이제 필요 없게 되었으니 그 가죽으로 죽은 사람에게 신기는 슬리퍼를 지어 달라고 말이야. 그리고 다 꿰매기를 기다려서 그 슬리퍼를 가지고 와야겠다.' 이렇게 말씀하셨습니다. 그래서 이렇게 왔지요."

미하일은 테이블 위에서 마름질하고 남은 가죽을 접어 둘둘 뭉치고는 다 만든 슬리퍼를 꺼내어 탁탁 소리 내어 털고는 앞치마로

곱게 닦아 하인에게 내밀었다. 하인은 슬리퍼를 받자마자 "안녕히 계십시오, 여러분." 하고 인사하고는 돌아갔다.

8

다시 1년이 지나고 2년이 지나, 미하일이 시몬의 집으로 온 지도 이제 6년이 되었다. 여전히 미하일은 처음과 같이 아무 데도 가지 않고 한마디도 쓸데없는 말은 하지 않았다. 그동안 싱긋 웃은 것도 단 두 번뿐이었는데, 마트료나가 저녁 식사 준비를 했을 때와 구두를 맞추러 온 신사를 보았을 때였다.

시몬은 자기 제자가 대견해서 견딜 수가 없었다. 이제는 어디서 왔는지는 묻지도 않고 다만 '미하일이 나가면 어쩌나' 하고 그것만 걱정할 뿐이었다.

하루는 온 식구가 모여 있는데, 마트료나는 화덕에 냄비를 올려놓고 있었고, 아이들은 의자 사이를 뛰어다니며 창밖을 내다보곤 했다. 시몬은 창가에서 구두를 꿰매고 있었고, 미하일은 다른 창가에서 구두 뒤꿈치를 붙이고 있었다. 그때 사내아이 하나가 의자를 넘어 미하일 곁으로 다가오더니 그의 어깨를 흔들면서 물끄러미 창밖을 내다보며 말했다.

"미하일 아저씨, 저것 좀 보세요. 어떤 아주머니가 여자애 둘을 데리고 어쩐지 우리 집으로 오는 것 같아요. 여자아이 하나는 절름발이인데……."

사내아이의 말이 떨어지자마자 미하일은 하던 일을 멈추고 창밖으로 고개를 돌려 물끄러미 바라보았다. 그런 미하일을 보고 시몬은 놀랐다. 이제껏 미하일이 창밖을 내다보는 일이 한 번도 없었는데, 창에 얼굴을 붙이고 무언가에 눈길을 쏟고 있었기 때문이다.

시몬도 일을 멈추고 창밖을 내다보니, 깨끗한 옷차림을 한 부인이 자기 집 쪽으로 오고 있었다. 부인은 모피 외투를 입고 긴 목도리를 목에 두른 두 여자아이의 손을 잡고 있었다. 여자아이들은 얼굴이 너무 닮아 누가 누군지 모를 정도였다. 다만 한 아이가 다리를 조금 절룩거리며 걷고 있었다.

부인은 바깥 층계를 올라와 입구로 와서 문을 열더니 먼저 두 여자아이를 안으로 들여보낸 다음 자기도 안으로 들어왔다.

"안녕하십니까?"

"어서 오십시오. 무슨 볼일이신지?"

부인은 테이블 곁에 앉았고, 두 여자아이는 무릎에 안기듯이 기댔는데 낯설어하는 모습이었다.

"저어, 이 아이들이 봄에 신을 가죽 구두를 맞출까 해서요."

"아, 그래요? 그렇게 작은 구두를 만들어 본 적이 없지만, 할 수 있습니다. 가장자리에 장식이 달린 걸로 할까요, 안에 천을 대어 접는 것으로 할까요? 여기 미하일이 솜씨가 아주 좋습니다."

시몬이 미하일을 돌아다보니 미하일은 우두커니 앉아 두 여자아이를 뚫어지게 바라보고 있었다. 시몬은 그 모습을 보고 깜짝 놀랐다. 두 아이가 모두 귀여운 얼굴인데, 눈이 까맣고 뺨이 통통하고 발그레하며 입고 있는 모피 외투와 목에 두른 목도리도 질이 좋은 것이었다. 하지만 그렇다 하더라도 왜 미하일이 저렇게 뚫어져라 쳐다보고 있는지 알 수 없었다. 마치 두 여자아이를 알고 있기라도 한 듯했다.

시몬은 이상하게 여기면서도 부인에게로 돌아앉아 값을 흥정했다. 가격을 정하고 치수를 잴 차례가 되었다. 부인은 다리가 불편한 여자아이를 안아 올려 무릎에 앉혔다.

"어렵겠지만 이 아이로 두 아이의 치수를 재 주세요. 불편한 발은 한 짝만 하고 이쪽 발에 맞춰서 세 짝을 지어 주세요. 둘의 발 치수가 똑같거든요. 아주 똑같은 쌍둥이지요."

시몬은 치수를 재고 다리가 불편한 아이를 가리키며 말했다.

"이 아이는 어쩌다 이렇게 됐어요? 너무 귀여운데, 태어날 때부터 그런 건가요?"

이에 부인이 대답했다.

"아니에요. 그 애 어머니가 그런 거예요."

이때 마트료나가 말참견을 하고 나섰다. 어디에 사는 누구의 아이인지 알고 싶어서 이렇게 물었다.

"그럼, 부인께선 이 아이들의 친엄마가 아닌가요?"

"나는 엄마도 아니고 친척도 아니에요. 아무 상관없는 남인데 그냥 맡아서 기를 뿐이에요."

"자기가 낳은 아이가 아니라도 키우다 보면 저절로 정이 들기 마련이지요."

"그야 물론 정이 들지요. 두 아이 모두 제가 젖 물려 키웠으니까요. 제가 낳은 자식도 있었지만 하느님께서 데려가셨어요. 그 아이를 잃었을 때는 그렇게 불쌍한 마음이 들지 않았는데, 얘들은 왠지 더 애처로워서……."

"그런데 대체 누구의 아이들인가요?"

9

부인은 다음과 같이 이야기했다.

"벌써 6년 전 일입니다. 이 아이들은 태어난 지 일주일도 안 되어 고아가 되어 버렸어요. 태어나기 사흘 전에 아버지가 죽고, 어머니는 애들을 낳고 하루도 못 살았으니까요. 저는 그때 남편과 농사를 지으며 살았는데, 이 아이들 부모와는 이웃이었죠. 늘 뒷문으로 왕래할 만큼 가까웠답니다. 이 아이들 아버지는 거들어 주는 사람도 없이 혼자 숲에서 일했는데, 어느 날 큰 나무가 쓰러지면서 그의 허리에 세게 부딪히는 바람에 몸을 움직일 수가 없게 되었어요. 간신히 집에까지 옮겨다 놓았지만 곧 죽고 말았지요. 그런데 그 아내가 며칠 뒤에 쌍둥이를 출산한 거예요. 바로 이 아이들이지요. 가난한 데다 일가친척도 없고 일을 대신해 줄 사람 하나 없어서 혼자 해산하고 그렇게 죽어 간 거죠. 제가 그 이튿날 아침에 궁금해서 뒷문으로 그 집에 들어가 보니 가엾게도 벌써 숨이 끊어져 있었습니다. 게다가 숨이 넘어갈 때 이 아이에게 쓰러져 버려서 그 무게에 눌려 다리가 상하게 되었던 거예요. 그나마 마을 사람들이 힘을 모아 장례식은 치를 수 있었지요. 다들 친절한 사람들이거든요. 그런데 갓난아이 둘만 남았으니 참 난감하게 되었지요. 거기 모인 여자들 중에서 젖먹이를 가진 사람은 저뿐이었어요. 낳은 지 겨우 8주밖에 안 되는 첫아들이 있었죠. 그래서 제가 임시로 두 아이를 맡게 된 거예요. 마을 사람들이 모여 이 아이들을 어떻게 해야 할지 의논한 끝에 이렇게 말했습니다.

'마리아 씨가 이 아기들을 한동안 맡아 주면 좋겠어요. 조금만 돌봐 주면 우리가 곧 다른 방법을 찾아볼게요.'

저는 다리가 온전한 아이에게만 젖을 물렸습니다. 이 절름발이 아이에게는 줄 생각도 안 했죠. 그때는 오래 살지 못할 거라고 생각했으니까요. 그러다가 어느 날 보니까 얼마나 측은한지, 그 뒤부터는 똑같이 젖을 물리기 시작했습니다. 그래서 내 아이와 이 아이들, 그렇게 세 아이에게 젖을 먹였던 겁니다. 그나마 제가 젊어서 기운도 있고 먹성도 좋았으니까 말이죠. 두 아이에게 젖을 물리고 있으면 다음 애가 기다리고 있어, 하나가 젖꼭지를 놓는 대로 기다리는 아이에게 젖을 주고 그랬었지요. 그런데 하느님의 뜻으로, 이 두 아이는 잘 커 갔으나 제가 낳은 자식은 2년째 되던 해에 죽어 버리고 그 뒤에는 자식을 낳지 못했죠. 그러나 살림살이는 조금씩 나아져서 지금은 이 거리 상인들의 소유인 물레방아를 관리하는 일을 맡고 있답니다. 급료도 괜찮아서 넉넉하게 살림을 꾸려 가기는 하지만, 아이가 생기지는 않더군요. 정말 이 두 아이가 아니었더라면 혼자 쓸쓸해서 어떻게 살았겠어요. 제가 이 아이들을 귀여워하는 것은 당연합니다. 이 아이들은 제게 촛불과도 같아요."

부인은 한쪽 손으로 절름발이 여자아이를 끌어당기며 한쪽 손으로는 뺨에 흐르는 눈물을 닦았다. 마트료나도 길게 한숨을 쉬고는 말했다.

"부모 없이는 살아갈 수 있어도 하느님 없이는 살아가지 못한다고 흔히들 말하는데, 정말로 그런 것 같군요."

세 사람이 이렇게 말을 주고받고 있었는데, 갑자기 미하일이 앉아 있는 쪽 구석에서 불빛이 비쳐 방 안이 환하게 밝아졌다. 모두들 놀라 그쪽을 돌아다보니 미하일이 두 손을 무릎 위에 얹고 위를 쳐다보면서 싱긋 웃고 있었다.

10

부인이 두 여자아이를 데리고 나가자 미하일은 의자에서 일어나 일감을 테이블 위에 올려놓고 바지를 벗으면서 주인 내외에게 허리를 굽혀 인사했다.

"안녕히 계십시오. 하느님께서 용서해 주셨으니 당신들도 제발 용서해 주십시오."

시몬과 마트료나가 그를 바라보니 미하일에게서 후광이 비치고 있었다. 시몬은 미하일에게 고맙다며 인사말을 전했다.

"미하일, 자네가 우리와 같은 인간은 아닌 모양이니 자네를 붙잡을 수도 없고 꼬치꼬치 캐물을 수도 없네. 그래도 꼭 알고 싶은 것이 한 가지 있네. 자네를 데리고 집으로 돌아왔을 때 자네는 몹시 침울한 얼굴을 하고 있었지. 그런데 내 아내가 저녁 준비를 하기 시작하니까 자네는 싱긋 웃으며 밝은 표정을 지었어. 그 까닭이 무엇인가? 또 신사분이 신발을 주문했을 때도 자네는 웃으면서 표정이 밝아졌었네. 지금 또 부인이 두 아이를 데리고 왔을 때 자네는 세 번째로 싱긋 웃었네. 그러고 나서 자네 몸에서 후광이 비쳤지. 미하일, 어떻게 자네 몸에서 그런 빛이 비치는지, 그리고 왜 세 번 싱긋 웃었는지 그 까닭을 좀 말해 주게."

미하일이 말했다.

"제 몸에서 빛이 나는 것은 다름이 아니라, 저는 하느님께 벌을 받고 있는 중이었는데 지금 용서받았기 때문입니다. 또 제가 세 번 싱긋 웃은 것은 하느님의 세 가지 말씀을 알아냈기 때문입니다. 한 가지는 아주머니가 저를 가엾다고 생각했을 때 깨달아서 웃었고, 또 한 가지는 부자 어르신이 신발을 주문했을 때 알게 되어 웃었습니다. 그런데 지금 두 여자아이를 보았을 때 마지막 세 번째 말씀을 알게 되어 또다시 웃은 것입니다."

"미하일, 그 이야기를 내게 들려주지 않겠나? 왜 하느님께서 자네에게 벌을 내리셨는지, 그리고 자네가 알아낸 세 가지 말씀이란 게 대체 무엇인지?"

그러자 미하일이 대답했다.

"제가 벌을 받은 것은 하느님의 말씀을 어겼기 때문입니다. 저는 천사였는데 하느님의 말씀을 어겼습니다. 어느 날 하느님이 한 여자에게서 영혼을 거둬 오라고 제게 명령하셨습니다. 그런데 제가 인간 세계에 내려와 보니 그 여자는 몹시 쇠약한 몸으로 누워 있었습니다. 쌍둥이 딸을 낳은 뒤였던 것이지요. 갓난아이는 어머니 곁에서 꼬물거리고 있는데, 어머니는 젖을 먹일 힘도 없었습니다. 그 여자가 저를 보고 하느님이 보내신 줄 알고는 매우 슬프게 흐느끼며 말했습니다.

'아아, 천사님! 남편은 숲에서 나무하다가 사고로 죽어 바로 며칠 전에 장례식을 치렀습니다. 저한테는 형제자매도, 큰어머니, 작은어머니, 할머니도 없어서 이 갓난아이들을 거둬 줄 사람이 없습니다. 제발 제 영혼을 가져가지 마시고 이 아이들을 제 손으로 키우게 해 주세요. 갓난아이는 부모 없이 살 수 없습니다.'

저는 그 여자가 하는 말을 듣고 한 아이를 안아 젖을 물려 주고 다른 아이를 어머니의 팔에 안겨 준 다음 하늘나라로 돌아갔습니다. 그리고 하느님 곁으로 날아가서 말했습니다.

'저는 산모의 혼을 거둘 수가 없었습니다. 남편은 나무에 깔려 죽고 부인 혼자 쌍둥이를 낳았는데, 제발 혼을 거두어 가지 말아

달라고 애원하는 것이었습니다. 제발 자기 손으로 아이들을 키우게 해 달라면서, 어린아이는 부모 없이는 살지 못한다고 애원했습니다. 그래서 저는 산모의 혼을 거두지 않았습니다.'

그러자 하느님께서는 이렇게 말씀하셨습니다.

'다시 내려가 산모의 혼을 거두어라. 그러면 세 가지 깨달음을 얻게 될 것이다. 즉 인간의 내면에는 무엇이 있는지, 인간에게 허락되지 않은 것은 무엇인지, 인간은 무엇으로 사는지를. 그것을 알게 되면 하늘나라로 돌아올 수 있을 것이다.'

그래서 저는 인간 세상으로 내려와 산모의 혼을 데려갔습니다. 두 아기는 어머니의 품에서 떨어져 있었으나 시신이 침상 위에서 쓰러지는 바람에 한 아이를 덮쳐 눌러 한쪽 다리가 상하게 된 것이지요. 저는 그 마을에서 하늘로 날아 올라가 여자의 혼을 하느님께 바치려고 했는데, 갑자기 거센 바람이 휘몰아치면서 제 두 날개를 부러뜨렸습니다. 그래서 그 여자의 혼만 하느님께로 가고 저는 인간 세상에 떨어져 길바닥에 쓰러져 있었던 것입니다."

11

그때 시몬과 마트료나는 자기들이 먹이고 입혔던 사람이 누구인지, 자기들과 같이 살면서 일해 온 사람이 누구인지를 알고 두려움과 기쁨으로 눈물을 흘렸다. 그러자 천사가 말했다.

"저는 홀로 알몸인 채로 들판에 버려졌습니다. 저는 인간의 부자유라는 것도, 추위도 배고픔도 모르고 있었는데, 그런 제가 갑자기 인간이 돼 버린 것입니다. 배고픔이 극한에 달했고, 몸도 얼어붙어 어떻게 해야 좋을지 몰랐습니다. 문득 들판 한가운데 하느님을 모시는 교회가 눈에 들어와 몸을 맡기려고 그곳으로 다가갔으나 문이 잠겨 있어 안으로 들어갈 수 없었습니다. 저는 바람을 피하려고 교회 뒤로 돌아가 앉았습니다. 날이 저물자 배고픔은 더욱 심해지고 몸은 얼 대로 얼어, 저는 도저히 살 수 없을 것 같았습니다. 그때 어떤 사람이 헌 신발을 들고 걸어오면서 혼잣말을 하는 소리가 들려왔지요. 저는 인간의 몸이 된 뒤 처음으로 인간의 얼굴을 보았습니다. 저는 그 얼굴이 무서워서 홱 돌아앉았습니다. 그런데 자세히 들어보니, 그 남자는 어떻게 이 추운 겨울에 몸을 감쌀 옷을 마련해야 할지, 어떻게 처자식을 먹여 살려야 할지 중얼거리고 있는 것이었습니다. 그때 저는 생각했습니다.

'나는 추위와 배고픔 때문에 죽어 가고 있다. 마침 저기 사람이 오고 있지만, 그는 어떻게 자기들 내외의 모피 외투를 마련하나, 어떻게 살아야 하나, 그것만을 생각하고 있다. 그러니까 그에게는 나를 도울 만한 여유가 없다.'

그는 저를 발견하고는 얼굴을 찡그리면서 먼저보다 더 무서운 얼굴로 터덜터덜 제 곁을 지나갔습니다. 한 줄기 희망마저도 사라져 버린 느낌이었는데, 갑자기 그가 되돌아오는 발소리가 들렸습니다. 다시 그의 얼굴을 쳐다보았을 때는 '방금 지나간 사람이 아니구나.' 하고 착각할 정도였지요. 좀 전의 얼굴에는 죽음의 기운이 가득했지만, 지금은 생기가 돌고 얼굴에 신(神)의 그림자가 어려 있었습니다. 그는 제 곁으로 다가와 옷을 입혀 주고 저를 데리고 집으로 향했습니다. 집에 이르니 한 여자가 나와서 말을 하기 시작했는데, 그 여자는 그보다 더 무서웠습니다. 여자는 저를 추운 바깥으로 몰아내려고 했습니다. 만약 그대로 저를 내쫓았더라면 여자는 죽고 말았을 겁니다. 저는 그 사실을 알고 있었지요. 그러나 그때 남편이 갑자기 하느님 얘기를 꺼내자 여자는 금세 태도가 누그러졌습니다. 여자가 제게 저녁밥을 권하면서 제 얼굴을 흘끗 쳐다보았을 때 그 얼굴에는 죽음의 그림자가 이미 흔적도 없이 사라지고 생기가 넘치고 있었습니다. 저는 거기서 신의 얼굴을 발견한 것입니다.

그때 저는 인간의 내면에 무엇이 있는지 알게 될 거라고 하신 하느님의 첫 번째 말씀을 생각해 냈습니다. 저는 인간 안에 있는 것이 사랑이라는 것을 깨달았지요. '하느님께서는 약속하신 일을 이렇게 내게 계시해 주시는구나.' 생각하니 저는 너무 기뻐서 싱긋 웃고 말았습니다. 그러나 아직도 하느님께서 말씀하신 전부를 알 수는 없었습니다.

'인간에게 무엇이 허락되지 않았는가?', '사람은 무엇으로 사는가?'라는 것을 몰랐던 것이죠. 당신들과 같이 살면서 1년이 지난 어느 날, 한 신사가 찾아와서 1년 동안 닳지도 찢어지지도 않을 구두를 만들어 달라고 했습니다. 제가 그를 쳐다보니 뜻밖에도 그의 등 뒤에 저의 동료였던 죽음의 천사가 서 있는 것이었습니다. 저 말고는 아무도 그 천사를 볼 수 없었지만 저는 알고 있었죠. 그리고 날이 저물기 전에 그의 영혼이 저세상으로 떠날 거라는 것도 알게 되었죠. 그래서 저는 생각했습니다.

'이 사람은 1년 신어도 끄떡없는 구두를 만들라고 했지만, 자기가 오늘 죽는 것은 모르는구나.'

그래서 '인간에게 허락되지 않은 것이 무엇인가?' 라는 하느님의 두 번째 말씀을 생각해 냈습니다. 인간 안에 무엇이 있는지는 이미 알아냈습니다. 그런데 이번에는 인간에게 주어지지 않은 것이 무엇인지를 알아낸 것이죠. 그것은 자기한테 필요한 것이 무엇인지를 아는 지식입니다. 그래서 저는 두 번째로 싱긋 웃었습니다. 친구였던 천사를 만난 일도 기뻤고, 하느님께서 두 번째 말씀을 계시해 주신 것도 기뻤으니까요.

그렇지만 아직 전부는 깨닫지 못했습니다. 저는 아직 사람은 무엇으로 사는지를 몰랐던 겁니다. 그래서 저는 계속 여기 있으면서 하느님께서 최후의 계시를 해 주실 때를 기다렸습니다. 6년이 지난 오늘, 쌍둥이 여자아이를 키우는 부인이 아이들을 데리고 와 그들을 보게 되었을 때, 저는 친엄마가 없지만 두 아이가 잘 자라고 있다는 것을 알았습니다. 그래서 생각했습니다.

'어머니가 자식을 봐서 살려 달라고 부탁했을 때 나는 그게 맞는 말이라고 믿어서 아이들은 부모 없이 살아가지 못한다고 생각했

는데, 다른 사람이 이렇게 두 아이를 잘 기르고 있지 않은가.'

또한 저는 그 부인이 두 아이를 위해 눈물을 흘렸을 때 거기서 살아 계신 신의 그림자를 발견했고, 사람은 무엇으로 사는지 깨달았습니다. 하느님께서 최후의 말씀을 계시하여 저를 용서해 주셨다는 것을 알았기에 세 번째로 싱긋 웃었던 것입니다."

12

그러고는 천사의 모습으로 변했는데, 온몸이 빛으로 둘러싸여 있어서 똑바로 쳐다볼 수조차 없었다. 천사가 큰 목소리로 이야기하기 시작했다. 그것은 그가 스스로 말하는 것이 아니라 하늘에서 울려 오는 목소리 같았다.

천사는 이렇게 말했다.

"저는 이런 것들을 깨달았습니다. 사람들은 자신을 걱정하고 위하는 마음으로 살아가는 것이 아니라 사랑으로써 살아간다는 것입니다. 어머니는 자기 아이의 생명을 지키기 위해 무엇이 필요한지를 알지 못했고, 또 부자는 자기에게 어떤 신발이 필요한지 몰랐습니다. 앞으로 닥칠 일을 모르기 때문이지요. 부자에게 필요한 게 산 사람이 신는 구두인지, 죽은 사람에게 신기는 슬리퍼인지를 누구도 알 수가 없습니다.

제가 인간이 되고 나서 무사히 살아갈 수 있었던 것은 제가 스스로 여러모로 살폈기 때문이 아니라, 지나가던 사람과 그 아내에게 사랑이 있어 저를 불쌍하게 여기고 보살펴 주었기 때문입니다.

저는 이전에 하느님께서 인간에게 생명을 내려주시고 모두가 함께 살아가기를 바라고 계신다는 것을 알았으나 이번에는 한 가지를 더 깨닫게 되었습니다. 제가 깨달은 것은 다름이 아니라, 하느님께서는 인간이 홀로 살아가는 것을 원치 않으신다는 것입니다. 그렇기 때문에 인간들에게 무엇이 필요한지 아는 힘을 주지 않으셨던 겁니다. 인간이 하나로 뭉쳐 사는 것을 원하시기 때문에, 모든 사람이 자신을 위해서나 타인을 위해서 무엇이 필요한지를 계시하신 것입니다.

저는 깨달았습니다. 사람들이 자기 자신만을 위해서 살아간다고 생각하지만 그것은 착각일 뿐이며, 실제로는 사랑에 의해 살아가는 것이라고. 사랑이 가득한 사람은 하느님을 품고 살고 있는 것입니다. 하느님은 그 사람 안에 계십니다. 왜냐하면 하느님은 곧 사랑이시기 때문입니다."

그렇게 말하고 천사는 하느님께 찬송을 드렸는데, 그 소리가 집 안에 울려 퍼졌다. 그러고는 천장이 두 쪽으로 쫙 갈라지면서 하늘까지 불기둥이 뻗쳐 올랐다. 시몬 부부와 아이들 모두 땅바닥에 엎드렸다. 미하일의 등에서 날개가 활짝 펼쳐지더니 천사가 되어 하늘로 날아 올라갔다.

시몬이 정신을 차렸을 때, 집은 예전 그대로였고 방에는 그의 가족 말고는 아무도 없었다.

2. 작품의 줄거리와 등장인물

한 시골 마을에 가난한 구두장이 시몬이 살고 있었다. 하루는 시몬이 마을에 외투를 만들 가죽을 사러 갔다가 실패하고 돌아오던 길이었다. 그런데 길가의 어느 교회 벽 아래에서 벌거벗은 채 웅크리고 있는 한 사내를 발견한다. 그는 죽어 가는 듯한 모습이었다.

시몬은 처음엔 두려웠다. 혹시 강도는 아닐까, 괜히 엮였다가 화를 당하진 않을까 하는 생각이 들었기 때문이다. 하지만 발가벗은 몸이 부들부들 떨리는 걸 보고는 불쌍한 마음이 들었다. 그는 외투를 벗어 청년에게 덮어 주고는 함께 집으로 가자고 손을 내민다.

집으로 돌아오자 시몬의 아내 마트료나가 화를 낸다. 하지만 결국 아내는 마음이 약해져 남은 빵과 음료를 내주고 낡은 옷을 꺼내 입힌다. 그 순간 사내의 얼굴에 웃음이 번진다. 시몬 부부는 알지 못했지만, 그것이 미하일에게 인간의 '사랑'을 처음으로 깨닫게 한 순간이었다.

시몬은 사내에게 이름을 물었고, 그는 '미하일'이라고 답한다. 시몬은 그를 제자로 삼아 구두 만드는 일을 가르친다. 놀랍게도 미하일은 한 번 보고 배운 것은 척척 잘 해냈다. 미하일이 신발을 잘 만든다는 소문이 퍼지자 시몬의 가게에는 손님들이 몰려든다.

어느 날, 한 부자 손님이 찾아와 1년 동안 신어도 닳지 않는 튼튼한 구두를 만들어 달라고 한다. 그때 미하일의 얼굴에 두 번째 미소가 번진다. 두 번째 깨달음을 얻었기 때문이다. 시몬은 미하일에게 일을 맡기고, 미하일은 가죽을 손에 들고 잠시 생각하더니 구두 대신 장례용 슬리퍼를 만든다.

그런데 그 부자는 집으로 돌아가는 도중에 죽고 만다. 그 부자 손님의 하인이 와서 그 소식을 전하고, 구두 대신 장례용 슬리퍼를 만들어 달라고 한다. 미하일은 만들어 두었던 슬리퍼를 건네준다.

미하일이 시몬의 집에서 지낸 지 6년째 되던 어느 날, 한 젊은 부인이 두 여자아이를 안고 시몬의 가게에 들어온다. 그녀는 쌍둥이인 두 여자아이를 위한 신발을 주문한다. 미하일은 그 아이들을 보며 세 번째로 미소 짓는다. 그때 미하일의 몸이 밝은 빛으로 둘러싸인다.

시몬이 놀라 묻자 미하일은 자신의 정체를 밝힌다. 그는 본래 천사였다. 하느님께서 그에게 한 여자의 영혼을 거둬 오라는 명령을 내렸지만, 그 여자는 갓 태어난 두 아이를 돌볼 사람이 없다며 자신의 혼을 데려가지 말라고 애원했다. 미하일은 그 절규에 연민을 느끼고는 마음이 흔들려 명령을 어기고 말았다. 그 벌로 하늘에서 쫓겨나 인간의 모습으로 세상에 떨어진 것이다. 그리고 하느님은 미하일에게 세 가지를 깨달아야 다시 하늘나라로 돌아올 수 있다고 말한다. 사람 안에는 무엇이 있는지, 사람에게 주어지지 않은 것은 무엇인지, 사람은 무엇으로 사는지.

미하일은 시몬과 마트료나를 통해 사람 안에는 사랑이 있음을 알았다. 그리고 부자 신사의 죽음을 통해 사람에게는 자신에게 필요한 것이 무엇인지를 아는 지식이 주어지지 않았음을 깨달았다. 또 쌍둥이 어머니의 죽음과 두 아이를 맡아 기른 부인을 통해 사람은 자기 자신이 아닌 사랑으로, 서로의 돌봄으로 살아간다는 것을 알게 되었다.

세 가지 깨달음을 얻은 순간, 미하일의 몸에서 천상의 빛이 흘러나오고 날개가 돋아난다.

미하일 – 하늘에서 내려온 천사

하느님의 천사. 갓 쌍둥이를 낳은 여인의 영혼을 거두라는 명령을 받았지만, 그 여인이 아이들을 바라보며 흘린 눈물을 보고 차마 손을 뻗지 못한다. 그의 불순종은 곧 추락으로 이어졌고, 하느님은 그에게 세 가지를 깨달을 때까지 인간 세상에서 살도록 명한다. 그는 인간의 몸으로 세상에 떨어진다. 벌거벗은 채 교회 벽 밑에서 추위에 떨고 있을 때, 그를 발견한 사람이 바로 가난한 구두장이 시몬이다.

시몬 – 가난 속의 선함

하루하루의 일감으로 겨우 먹고사는 구두장이. 먹고살기 어려운 탓에 타인을 도울 여유가 없지만, 얼어 죽기 직전의 미하일을 보고는 발걸음을 멈춘다. 잠시 망설이다가 결국 자신의 외투를 벗어 주고, 집으로 데려가 아내 마트료나의 반대를 무릅쓰고 그를 받아들인다. 이는 미하일이 인간에게서 처음으로 '사랑'을 본 순간이다.

마트료나 – 자비의 손길

시몬의 아내. 시몬이 데리고 온 낯선 사내를 본능적으로 거부한다. 그녀에게는 그럴 만한 이유가 있다. 가난과 결핍이 마음을 팍팍하게 만들었기 때문이다. 그녀는 가족을 지키기 위해 현실에 단단히 뿌리내린 여인이다. 하지만 미하일의 모습을 보며 그녀의 마음속에 잠들어 있던 연민이 깨어난다. 남은 빵을 내어주고 낡은 옷을 입히는 그 자비의 손길이 천사의 눈에 신성하게 비친다. 미하일은 그 순간 '사람 안에 사랑이 있다'는 것을 깨닫는다.

부자 손님 – 인간의 무지와 유한함

미하일이 시몬의 제자가 되어 구두를 만들 때 찾아온 손님. 1년 동안 신어도 닳지 않고 튼튼한 구두를 주문하지만, 그날 세상을 떠난다. 이 일로 미하일은 사람들이 자기에게 필요한 것과 앞날에 대한 지식이 없다는 것을 깨닫는다.

젊은 부인 – 사랑의 영속을 증명한 존재

이야기의 마지막에 등장하는 인물. 미하일은 그녀의 이야기를 듣고 '사람이 사랑으로 산다'는 것을 깨닫는다. 이 깨달음과 함께 미하일의 얼굴은 빛으로 물들고, 그의 날개가 드러난다. 미하일은 하늘로 돌아가며, 시몬과 마트료나 앞에 진리를 남긴다.

쌍둥이 아이들 – 사랑의 증거

쌍둥이들은 아무 말도 하지 않는다. 하지만 그들의 존재 자체가 사랑의 지속을 증명한다. 어머니의 육체는 사라졌으나 그녀의 사랑은 타인의 마음을 움직여 아이들을 살게 했다. 그 아이들이 자라는 한, 사랑은 세상에 남아 있다. 이것이 미하일이 인간 세상에서 배운 마지막 진리이다.

3. 인간 존재에 대한 깨달음

〈사람은 무엇으로 사는가〉는 대단한 드라마도 복잡한 사건도 없다. 짧은 이야기 안에서 인간의 본질을 탐구한다. 톨스토이는 인간을 결핍된 존재로 보았다. 미래를 알지 못하고, 삶을 예측할 수 없으며, 늘 불완전하다. 그러나 그 불완전함 속에서 서로를 향한 사랑이 생겨나고, 그 사랑이 세상을 지탱한다. 그는 이 작품을 통해 '하느님은 멀리 있지 않다. 하느님은 사랑하는 인간의 마음 안에 있다'고 말한다.

사람은 무엇으로 사는가? 이 물음은 톨스토이가 평생 붙잡았던 인간 탐구의 핵심이다. 그는 귀족이었지만 권력과 재산의 허망함을 일찍 깨달았고, 삶의 의미를 종교적·도덕적 차원에서 새로이 묻기 시작했다.

이 작품은 그런 사유의 결정체이다. 《전쟁과 평화》가 역사의 거대한 흐름 속에서 인간의 운명을 묻는다면, 이 작품은 한 구두장이의 일상에서 신의 뜻을 발견하는 이야기이다. 거창한 철학 대신 사랑과 연민의 실천에서 진리를 찾아낸다.

이 작품의 중심에는 하느님에게서 벌을 받고 인간 세계로 떨어진 천사 미하일이 있다. 그가 인간과 함께 살아가며 깨닫는 첫 번째 진리는 '사람 안에는 사랑이 있다'는 것이다. 이는 인간 존재의 출발점을 드러낸다. 인간은 불완전하고 유한하지만, 그 안에는 신으로부터 물려받은 사랑의 씨앗이 있다. 시몬이 낯선 이를 구한 행위, 마트료나가 저녁을 내어준 행위는 지적인 판단이 아니라 본능적 자비의 표현이다. 톨스토이는 바로 그 본능 속에 하느님의 흔적이 깃들어 있다고 보았다.

> '이 사람은 1년 신어도 끄떡없는 구두를 만들라고 했지만, 자기가 오늘 죽는 것은 모르는구나.'
> 그래서 '인간에게 허락되지 않은 것이 무엇인가?'라는 하느님의 두 번째 말씀을 생각해 냈습니다.

이 구절은 미하일의 두 번째 깨달음으로, 톨스토이는 이를 통해 인간의 한계를 분명하게 드러내고 있다. 부자 손님이 내일을 확신하며 구두를 주문했지만, 갑작스러운 그의 죽음은 인간의 계획과 예측이 얼마나 덧없는지를 보여준다. 톨스토이에게 인간은 '내일을 모르는 존재, 그러나 그 모름 속에서 서로를 의지하며 사는 존재'이다. 그래서 인간은 신 앞에서 겸허해야 하는 것이다.

세 번째이자 마지막 깨달음은 '사람은 자기 자신이 아니라 사랑으로 산다'는 것이다. 젊은 어머니의 죽음과 그 아이들을 구한 타인의 이야기를 듣고 미하일은 마침내 '인간 생명의 연속성'을 깨닫는다. 어머니의 육체는 사라졌으나 그녀의 사랑이 다른 이의 마음을 움직여 생명을 이어 가게 했기 때문이다.

여기서 톨스토이가 말하는 '사랑'은 감정적인 것이 아니라 행동으로 드러나는 자비, 곧 실천적 사랑이다. 자기 이익을 구하지 않고, 다른 존재의 고통을 보고도 외면하지 않는 마음의 힘. 톨스토이는 바로 그것이 하느님이 인간 안에 불어넣은 생명의 원리라고 보았다. 톨스토이에게 사랑은 인간의 감정이 아니라 신이 인간에게 부여한 존재 이유였다.

4. 인간답게 산다는 것

톨스토이의 후기 사상은 실천적 기독교 윤리에 가까웠다. 그는 종교적 교리보다 삶의 행위를 강조했다. 〈사람은 무엇으로 사는가〉는 바로 이러한 그의 사상이 구현된 작품이다. 여기서 하느님은 멀리 있는 초월적 존재가 아니라, 인간의 양심과 사랑을 바탕으로 한 행위 속에서 드러나는 존재이다. 시몬의 선의, 마트료나의 자비, 낯선 이의 도움. 이 모든 인간적 행위들이 모여 하나의 신적 질서를 완성한다. 톨스토이는 이 작품을 통해 '신은 사랑으로 존재하고, 인간은 그 사랑을 실천함으로써 신과 만난다.'라는 윤리적 복음을 전하고 있다.

미하일은 하늘의 천사였지만 이성이나 교리로는 진리를 깨닫지 못했다. 그는 인간의 삶 한가운데에서 사랑의 실천을 목격함으로써 비로소 깨달음에 이른다. 이는 당시 러시아 사회에 만연하던 합리주의와 형식적 신앙에 대한 톨스토이의 비판적 시각을 작품에 투영한 것이라 할 수 있다. 톨스토이는 인간은 교리로 구원받는 것이 아니라 서로의 고통을 느끼고 그 고통에 손을 내밀 때 구원받을 수 있다고 믿었다.

'사람은 무엇으로 사는가' 라는 제목이 겉으로 보기엔 단순한 질문 같지만, 톨스토이는 이 말을 통해 인간이 살아가는 이유와 힘의 근원이 무엇인지를 묻고 있다. 즉 사람이 밥이나 돈으로만 사는 존재가 아니라면 '진짜로 사람을 살게 하는 것은 무엇일까?' 라고 묻는 것이다.

이 작품에서 천사 미하일은 인간 세상에 내려와 세 가지를 깨달아야만 하늘로 돌아갈 수 있다. 그는 시몬 부부와 6년 동안 함께 살아가며 사람들이 서로를 돕고 사랑하는 모습을 보며 하느님의 말씀이 뜻하는 바를 깨닫는다.

사람 안에는 사랑이 있다.

→ 인간의 마음속에는 본래 선한 마음이 있다.

사람에게 주어지지 않은 것은 자기에게 필요한 것이 무엇인지 아는 지식이다.

→ 사람은 미래를 알 수 없고, 스스로 완벽할 수 없다.

사람은 자기 자신이 아니라 사랑으로 산다.
→ 결국 사람을 살게 하는 힘은 '사랑'이다.

세 번째 깨달음이 바로 이 작품의 제목인 '사람은 무엇으로 사는가'에 대한 답이다. 사람은 사랑으로 살아간다. 이와 관련해서 이 작품의 제목에 담긴 의미를 좀 더 깊이 들여다보자.

톨스토이는 사람을 완벽한 존재로 그리지 않는다. 시몬 부부는 가난하고 현실적인 걱정도 많다. 하지만 그들은 연민과 자비를 통해 하느님의 뜻에 가까워지려는 모습을 보여준다. 따라서 작품 제목 속 '사람'은 '부족하고 보잘것없지만 사랑으로 살아가는 존재'라는 뜻을 담고 있다.

또 톨스토이는 '무엇으로'라는 말에 삶을 움직이는 진짜 동력이 담겨 있다고 보았다. 우리는 흔히 물질적인 것들을 삶의 조건으로 생각하는데, 그것보다 훨씬 가치 있고 근본적인 것은 누군가를 사랑하거나 도움을 주고 용서하는 마음이다. 그것이 우리를 인간답게 만드는 힘인 것이다.

'사는가'는 단순히 밥을 먹고 숨 쉬는 생존이 아니라 무엇이 사람을 진짜로 살게 하는지에 대한 물음이다. 작품 속 젊은 어머니는 자신이 죽더라도 아이들을 살리려는 마음을 보여준다. 그 사랑은 죽음보다 강한 힘으로, 다른 사람의 마음을 움직이게 하고 생명을 이어 준다. 톨스토이는 이런 모습을 통해 '사람을 살게 하는 것은 바로 사랑'임을 강조하고 있다.

다시 한번 말하지만, 작품 제목에 대한 답은 '사람은 사랑으로 살아간다.'이다. 이 메시지는 단순하지만 깊다.

이반 일리치의 죽음

Смерть Ивана Ильича(The Death of Ivan Ilych), 1886

〈이반 일리치의 죽음〉은 톨스토이의 종교적·도덕적 성찰이 깊게 반영된 작품 가운데 하나이다. 이 작품은 한 남자가 죽음을 맞이하는 과정을 통해, 과연 '잘 산다는 것이 무엇인가?'라는 질문을 던지고 있다.

19세기 말 러시아는 산업화와 도시화가 진행되며 급격한 사회 변화를 맞는다. 귀족 중심의 전통 사회에서 점차 근대적 관료제와 자본주의적 경제 체제로 바뀌어 갔다. 그런 시대적 흐름에 따라 개인의 성공과 사회적 지위가 중요한 가치로 여겨졌다. 톨스토이는 이 작품을 통해 그런 외적 성공에 대해 비판적 시각을 드러냄과 동시에 인간 존재의 본질에 대해 묻고 있다.

당시 톨스토이는 50대에 접어들었으며, 《전쟁과 평화》와 《안나 카레니나》를 통해 이미 세계적인 명성을 얻었을 뿐 아니라 귀족으로서 부와 명예도 누리고 있었다. 하지만 그런 성공을 이루었음에도 그의 내면은 깊은 공허와 회의에 휩싸여 있었다. 이 시기에 그는 '왜 사는가?', '죽음을 피할 수 없다면 삶은 어떤 의미가 있는가?'라는 질문에 사로잡혔다. 그는 자살 충동까지 느낄 정도로 극심한 정신적 고통을 겪었으며, 이 시기를 '실존적 위기'라고 표현하기도 했다.

그 위기의 산물이 바로 〈이반 일리치의 죽음〉이다. 이 작품은 죽음을 통해 삶의 진실을 직면하게 되는 인간의 모습을 그리고 있는데, 이는 톨스토이 자신이 겪었던 내적 고투를 문학적으로 형상화한 것이다.

소설 속 이반 일리치는 사회적으로 성공한 법관이지만, 병에 걸려 죽음을 앞두고서야 자신의 삶이 타인의 시선과 체면에만 매달린 공허한 것이었음을 깨닫는다. 죽음 앞에서 그는 처음으로 진정한 삶의 의미를 찾고, 마지막 순간에야 평온을 얻는다.

이 작품은 톨스토이의 도덕적·종교적 각성과 함께 인간 존재의 본질을 되묻는 철학적 고전으로 평가받고 있다. 삶의 껍데기를 벗겨 내고, 죽음을 통해 진실에 다가가려는 톨스토이의 통찰이 고스란히 드러난다.

1. 작품의 줄거리와 등장인물

주인공 이반 일리치의 부고로 이야기가 시작된다. 그는 러시아 제국의 법관으로, 사회적 지위가 높을 뿐 아니라 안정된 삶을 누리던 인물이다. 그러나 그의 죽음은 동료들에게 슬픔보다는 승진 기회와 급여 인상이라는 현실적 관심사로 받아들여진다. 동료들은 그의 죽음을 단지 타인의 사건으로 여기며, 추도식에서도 형식적인 애도만을 표하고 곧 카드놀이를 하러 떠난다.

이반 일리치는 고위 공무원의 아들로 태어나 법률학교를 졸업한 후 예심판사, 검사로 승진하며 성공적인 경력을 쌓았다. 그리고 귀족 출신의 교양 있는 여성과 결혼하여 두 자녀를 둔다. 외적으로는 안정된 삶을 살고 있는 것처럼 보이지만, 그의 결혼 생활은 점차 갈등으로 얼룩지고 가족과의 관계는 점점 소원해진다. 그는 사회적 성공과 물질적 풍요를 삶의 목표로 삼으며, 새집을 꾸미는 일에 큰 자부심을 느낀다. 그러나 이러한 삶은 그를 더 공허하게 만들 뿐이었다.

어느 날, 집을 꾸미던 중 사다리에서 떨어진 사고를 계기로 이반은 옆구리 통증과 입안의 역겨운 냄새를 느끼게 된다. 처음에는 대수롭지 않게 여기지만, 병세가 점점 나빠지자 그는 여러 의사를 찾아다니며 치료를 받는다. 하지만 병은 낫지 않았고, 그는 결국 직장을 그만두고 침대에 드러눕는 신세가 된다. 이때부터 이반은 죽음이라는 실체와 마주하게 되며, 극심한 육체적 고통과 함께 정신적 고뇌에 시달린다.

병상에 누운 이반은 자신의 삶을 되돌아보며 깊은 성찰에 빠진다. 그는 자신이 타인의 기대에 부응하기 위해 살아왔음을 깨닫고, 진정한 행복이 무엇인지에 대해 고민한다. 그리고 성공이나 명예는 죽음 앞에서 아무런 의미도 없다는 사실을 인식하게 된다. 그는 유년 시절의 순수한 삶이야말로 진정한 행복이었음을 깨달으며, 지금껏 살아온 삶이 위선과 허위로 가득했음을 자각한다.

이반은 가족과 동료들의 무관심에 염증을 느끼지만, 병시중을 정성껏 들어 주는 하인 게라심을 보며 위로받고 존경심마저 느낀다. 게라심의 진심 어린 돌봄은 이반에게 인간적인 따뜻함을 일깨워 준다. 그는 죽음을 앞두고 아내와 자녀들에 대한 사랑을 다시금 느끼며 그들의 삶을 걱정한다.

병세가 점점 악화되면서 이반은 죽음을 더는 피할 수 없는 현실로 받아들인다. 그는 극심한 고통 속에서도 죽음의 의미를 탐구하며, 마침내 자신의 삶을 뉘우치고 용서하며 죽음을 받아들인다. 특히 죽음이 임박한 마지막 사흘간 이반은 내면의 성찰을 통해 삶의 진실에 다가간다. 그럼으로써 그는 가족과 주변 사람들에 대한 분노를 내려놓고, 특히 아들에 대한 사랑과 연민을 느끼며 인간적인 감정을 회복한다.

마지막 죽음의 순간, 그는 '그렇다, 죽음이다. 죽음은 끝났어. 더 이상 죽음은 없어.'라는 내면의 목소리를 들으며, 고통이 사라지고 평온함이 찾아온다. 그는 죽음을 통해 삶의 진실을 깨닫고, 위선과 허위에서 벗어나 진정한 자신을 마주하게 된다.

이반 일리치 골로빈

소설의 주인공이자 중급 관료 계층의 전형적인 인물. 명문대 법학부 출신으로, 어릴 때부터 점잖고 능력 있는 사람으로 인정받으려 노력했다. 사회적 성공, 체면, 즐거움, 세속적인 것에 대한 격식을 추구한다. 그러나 죽음을 앞두고 지나온 삶을 반성하며 삶의 진실을 찾는다.

프라스코비야 페도로브나

이반과 마찬가지로 상류사회의 관습과 체면에 얽매인 인물. 사랑보다는 이해타산을 따져 이반과 결혼했다. 이반의 병을 자신의 개인적인 불편함과 손실로만 받아들이고, 남편의 고통을 짜증과 불평의 대상으로 삼는다. 당시 상류층의 위선을 드러내는 구실을 한다.

게라심

이반 일리치의 젊은 하인으로, 건강하고 소박한 시골 출신의 청년. 이반이 병으로 고통받을 때 다른 사람들과 달리 그 고통을 이해하고 동정하며 간호해준다. 이반의 똥을 치우는 더러운 일도 꺼리지 않고, 이반을 편안하게 해 주기 위해 다리를 받쳐 주는 등 순수한 연민을 보인다. 그의 진심 어린 행동은 이반의 내면 변화에 결정적인 역할을 한다.

표트르 이바노비치

이반 일리치의 친구이자 법원 동료. 이반의 부고를 듣고 그에게 줄 돈을 받아낼 방법을 먼저 생각하거나 자신의 승진 가능성에 기뻐하는 등 이기적인 태도를 보인다. 장례식에서도 위선적인 예의를 갖추는 데 급급할 뿐 진심으로 슬퍼하지 않는다. 당시 상류층의 도덕적 공허함과 인간관계의 피상성을 상징하는 역할을 한다.

의사들

여러 명의 의사가 등장하지만, 모두 냉정하고 객관적인 '전문가'로서 이반을 대한다. 병의 원인을 놓고 전문 용어와 권위적인 태도로 병을 설명할 뿐 정작 이반의 고통이나 죽음에 대한 두려움에 대해서는 아무런 공감도 하지 않는다. 이들은 죽음을 외면하고 삶의 불편한 진실을 회피하려는 사회 전체의 태도를 상징하며, 죽음을 둘러싼 사회적 위선과 인간 소외를 드러내는 존재로 기능한다.

2. 작품에 담긴 주제 의식

누구도 피할 수 없는 '죽음'의 의미

이반 일리치는 병에 걸리기 전까지 죽음을 늘 남의 일처럼 여겼다. 그는 사회적 성공과 체면 유지에 몰두하며 살아왔고, 죽음을 단지 타인의 불행으로만 치부했다. 그러나 뜻밖의 병이 깊어지면서 죽음은 더 이상 추상적 개념이 아닌 피할 수 없는 현실로 다가온다. 이반은 극심한 공포와 고통 속에서 자신의 삶을 되돌아보게 되고, 그동안 얼마나 허위와 위선 속에서 살아왔는지를 깨닫는다. 죽음은 그에게 두려움의 대상이자 동시에 구원의 계기이며, 마지막 순간에 마주하는 '빛'은 삶의 진정한 의미를 인식하게 된 순간을 상징한다. 이렇듯 죽음은 삶을 성찰하게 만드는 문학적 장치로 기능한다.

톨스토이는 이러한 과정을 통해 죽음을 단순히 생명의 끝으로 그리지 않는다. 오히려 죽음을 누구도 피할 수 없는 현실로 제시하면서, 인간이 그것을 회피하며 살아가는 모습을 비판한다. 죽음이야말로 삶을 진실하게 바라보게 만드는 계기임을 강조하는 것이다. 죽음은 삶을 비추는 거울로서 인간 존재의 본질을 드러내며, 삶과 죽음은 서로를 통해 의미를 획득한다.

따라서 〈이반 일리치의 죽음〉은 죽음을 통해 삶의 허위와 위선을 벗겨 내고, 인간이 진정한 삶의 의미를 깨닫게 되는 과정을 보여준다. 죽음은 두려움과 고통을 동반하지만, 동시에 구원과 깨달음의 가능성을 열어주는 역설적 장치이며, 톨스토이는 이를 통해 삶과 죽음의 불가분한 관계를 문학적으로 보여준다.

진정한 삶의 의미와 내면의 성찰

> "이반 일리치의 지나온 삶은 지극히 평범하고 일상적이면서 지극히 끔찍한 것이었다."

톨스토이는 이반 일리치의 삶을 왜 끔찍하다고 했을까? 그 이유는 그의 삶이 내면의 진실이나 개인적 행복보다는 사회적 기준과 타인의 인정을 좇는 삶이었기 때문이다. 이반 일리치는 법관으로서 성공적인 경력을 쌓고, 체면과 외적 안정에 집착하며 살아왔다. 그가 해 왔던 '해야 할 일'은 사회적 규범과 기대에 맞춘 행동이었으며, 그의 삶은 철저히 타인의 시선에 의해 규정되어 있었다. 승승장구하던 그가 잠시 좌천되었다가 다시 더 좋은 자리로 돌아왔을 때 그는 새집을 꾸미는 데 몰두한다. 그러나 그것조차도 다른 사람들에게 자신의 건재함을 과시하기 위한 행위였다. 아이러니하게도 그 새집을 꾸미다 입은 부상이 악화되어 그는 죽음에 직면하게 되고, 동료와 가족의 냉정한 태도 속에서 진정으로 이해받지 못하는 깊은 고독을 경험한다. 이반은 자신이 살아온 삶을 되돌아보며 타인의 기대에 부응하기 위한 위선적 삶이었음을 절실히 깨닫는다. 그는 유년기의 순수함을 떠올리고, 하인 게라심의 진심 어린 돌봄 속에서 내면의 성찰을 통해 진정한 삶의 의미를 발견한다.

죽음을 받아들이는 순간, 이반은 그동안 자신을 괴롭혀 온 극심한 육체적 고통과 정신적 공포에서 벗어난다. 그는 더 이상 죽음을 두려움의 대상으로 바라보지 않고, 오히려 그것을 삶의 필연적 결말로 받아들인다. 이 순간 그는 가족을 향한 진심 어린 연민을 느낀다. 평생 동안 체면과 사회적 성공에 매달리며 진정한 사랑과 이해를 외면했던 그가, 마지막 순간에야 비로소 가족을 있는 그대로 바라보고 그들의 불완전함과 고통을 느끼게 된 것이다.

그의 내면에는 놀라운 평온이 찾아온다. 죽음을 인정하는 순간, 삶을 억누르던 위선과 두려움이 사라지고 자유로워진다. 이 자유는 단순히 죽음으로부터의 해방이 아니라, 자기 자신을 진실하게 받아들이는 데서 오는 내적 해방이다. 그는 더 이상 타인의 시선이나 사회적 규범에 얽매이지 않고, 오직 인간으로서의 본질적 삶을 깨닫는다.

위선적인 인간관계와 진정한 인간관계

이반의 죽음을 둘러싸고 그의 주변 사람들이 보이는 다양한 반응과 시각이 드러난다. 톨스토이는 이를 통해 당대 사람들의 의식을 비판하는 동시에 바람직한 인간의 모습을 제시하고자 했다.

먼저, 가장 가까운 인간관계인 가족조차도 이반에게 진정한 연민을 보여주지 않는다. 특히 그의 아내는 '성실한 아내'로서의 도리를 형식적으로만 다할 뿐, 진정한 공감이나 사랑은 결여되어 있다. 그녀는 남편의 병을 개인적인 불편과 손실로만 받아들이며, 그의 고통을 짜증과 불평의 대상으로 삼는다. 이러한 무관심과 형식적 태도는 이반을 더욱 외롭게 만든다.

> 그녀는 남편의 병세가 심각해지자 불편함을 느꼈고, 그가 빨리 회복하거나 죽기를 바랐다.

> 그녀는 장례 비용이 얼마나 들지, 남편이 죽고 나서 받을 수 있는 연금이 얼마인지 계산하고 있었다.

톨스토이는 이러한 아내의 모습을 통해 현실적이고 물질적인 가치만을 중시하는 당시 상류층의 위선을 비판한다.

둘째, 이반의 직장 동료들 역시 그의 죽음을 진정으로 애도하지 않는다. 그들은 부고 소식을 듣고 곧바로 승진 가능성과 월급 인상 같은 현실적 이익을 떠올린다. 이반의 친구인 표트르 이바노비치 또한 계산적이고 이기적인 태도를 보인다. 그는 장례식에서 위선적인 예의를 갖추는 데 급급할 뿐, 진정한 슬픔은 찾아볼 수 없다.

> 표트르 이바노비치는 이반 일리치가 죽었다는 소식을 듣고, 슬프기보다는 먼저 승진 가능성과 행정적 변화에 대해 생각했다.

> 그는 장례식장에 맞는 표정을 지으려 애썼지만, 마음속으로는 카드놀이가 더 기다려졌다.

표트르 이바노비치의 행동은 사회적 체면을 유지하려는 위선과 죽음을 타인의 사건으로만 여기는 무관심을 동시에 드러낸다. 톨스토이는 이를 통해 상류층의 도덕적 공허함과 피상적인 인간관계를 비판한다.

셋째, 이반을 진료한 의사들 역시 그의 고통이나 죽음에 대한 두려움에 공감하지 않는다. 그들은 죽음을 외면하고 삶의 불편한 진실을 회피하려는 태도를 보이며, 진실과 연민에 무관심한 인물들로 묘사된다.

이반의 아내, 표트르, 의사들이 부정적인 인물로 그려지는 반면, 하인 게라심과 아들은 긍정적인 인물로 형상화된다. 게라심은 단순한 하인이 아니라, 죽음을 앞둔 이반에게 유일한 위로를 주는 존재였다. 그의 진심 어린 행동은 이반의 내적 변화에 결정적인 역할을 한다.

> 게라심은 밤새도록 그의 다리를 들어 주었다. 그는 그것을 싫어하지 않았고, 오히려 기꺼이 했다. 게라심은 건강하고 쾌활하며 죽음을 두려워하지 않았다. 그는 이반 일리치의 고통을 진심으로 동정했고, 그를 도와주는 일을 귀찮아하지 않았다.

> 게라심은 죽음을 두려워하지 않았다. 그는 그것을 자연스러운 것으로 받아들였고, 이반 일리치도 그렇게 여기도록 도와주었다.

게라심은 이반이 마지막 깨달음을 얻는 데 결정적인 역할을 한다. 주변의 위선과 무관심 속에서 철저히 고립된 이반은 게라심의 진심 어린 행동을 통해 인간적인 연결과 평화를 느끼게 된다. 그는 게라심을 통해 진정한 인간애를 경험하고, 연민과 진정성의 가치를 깨닫는다.

또한 이반의 아들은 가족 가운데 유일하게 아버지에게 연민을 보낸다.

그때 아들이 조용히 다가와 그의 손을 잡았다. 이반 일리치는 아들의 눈에서 연민과 사랑을 보았다. 그 순간 그는 아내를 바라보며 용서의 마음을 느꼈다. 그리고 그는 더 이상 고통이 아닌 빛을 보았다.

죽음을 앞두고 괴로워하던 순간, 아들의 눈물과 손길은 형식적인 행동이 아닌 진정한 사랑의 표현이었다. 이반은 죽음 직전에 가족과의 단절을 넘어선 화해를 경험하며, 죽음을 두려움이 아닌 구원과 해방으로 받아들이는 전환점을 맞는다. 아들의 손길은 그에게 사랑과 연민이야말로 삶의 본질임을 깨닫게 했고, 결국 그는 죽음 앞에서 비로소 삶의 참된 의미를 이해한다.

톨스토이는 이 작품을 통해 사회적 성공이나 체면보다 중요한 것은 사랑과 진정성임을 강조한다. 죽음은 두려움의 끝이 아니라 진정한 삶의 의미를 깨닫게 하는 계기임을 보여주는 것이다.

3. 진정 '잘 산다는 것'은?

〈이반 일리치의 죽음〉은 19세기 러시아의 관료 사회를 배경으로 한 작품이지만, 이 작품이 던지는 메시지는 오늘날을 살아가는 우리에게도 깊은 울림을 준다. 삶과 죽음이라는 소재는 시대를 초월하여 사회적·문학적·철학적으로 깊고 넓게 다루어지기 때문이다.

여러 번 얘기했지만, 이반은 사회적 성공, 체면, 물질적 안정에 집착하며 살아왔다. 그런데 죽음을 앞두고서 그것들이 모두 허위였음을 깨닫는다. 이반이 죽기 전에 이런 깨달음을 얻었다는 것이 좀 안타깝기는 하지만, 갑작스럽게 찾아온 죽음이다 보니 살아오면서 자신의 삶을 진지하게 돌아볼 기회가 없었을 것이다.

앞서 〈사람은 무엇으로 사는가〉에서 다룬 내용에서 알 수 있듯이, 인간은 자신의 미래를 확신할 수 없다. 그렇다면 늦기 전에 한 번쯤 자신의 삶을 돌아볼 필요가 있지 않을까?

오늘날 우리는 SNS, 명함, 직함, 외모 등 '보이는 삶'에 몰두하며 진짜 자신의 모습을 감추거나 잊곤 한다. 인스타그램이나 페이스북 같은 플랫폼에서 일상을 과장하거나 포장하는 모습은 이반 일리치의 삶과 다를 바 없다. 남들에게 보이는, 남들이 바라보는 나를 더 중요하게 여기고, '좋아요'와 댓글 수에 내 행복을 의존하는 삶과 이반 일리치의 삶이 서로 닮아 있다는 말이다. 실제 나의 감정이나 고통은 숨기고 그저 '행복한 척', '잘 사는 척'하는 것이 우리 시대의 이반 일리치일 수 있다.

이반은 출세와 성공을 위해 끊임없이 노력했고, 직장에서의 인정을 가장 큰 가치로 여겼다. 가족과의 관계나 내면의 평화는 늘 뒷전이었다. 치열한 경쟁 사회에서 성공만을 향해 앞만 보고 달리다가 심각한 번아웃에 시달리거나 건강을 해치는 우리의 모습과 비슷하다. 돈과 성공이 최우선이 되어 버린 삶을 살아가다가 이반 일리치처럼 죽음 앞에서 뒤늦게 '내가 대체 뭘 위해 살았던가?' 하고 후회하게 될 수도 있다.

이반이 병에 걸려 고통받을 때, 그의 가족과 친구들은 진심으로 위로하기는커녕 자신의 불편함을 호소하고, 심지어 그의 죽음을 승진의 기회로 여겼다. 우리도 휴대폰 속에 수많은 연락처와 친구 목록이 있지만, 정작 마음 깊은 곳의 고민이나 고통을 털어놓을 진정한 친구나 가족이 없을 수도 있다. 타인의 고통에 대해 영혼 없는 위로나 형식적인 공감만 던질 뿐, 실제로는 깊이 관여하지 않으려는 모습 또한 마찬가지다. 오늘날 우리가 느끼는 단절과 고립감 역시 이반 일리치가 겪었던 것과 크게 다르지 않다.

이 작품은 단순한 죽음의 기록이 아니라 삶의 본질을 묻는 철학적 질문이며, 우리 시대의 삶을 되돌아보게 하는 거울이다. 삶의 의미는 외적 성공이 아니라 내적 성찰에 있음을, 인간은 진정한 관계와 연민 속에서 구원받을 수 있음을 말하고 있다. 톨스토이는 우리에게 묻는다. '당신은 진짜로 잘 살고 있습니까?'라고.

4. 문학적 특징

〈이반 일리치의 죽음〉은 인간 존재의 본질과 죽음이라는 보편적 주제를 깊이 있게 탐구한 작품으로, 다양한 서사 기법과 문학적 장치를 통해 독자에게 강렬한 인상을 남긴다.

가장 먼저 눈에 띄는 것은 역순행적 구성이다. 이야기는 주인공 이반 일리치의 장례식 장면으로 시작되며, 이후 그의 삶을 회고하는 방식으로 전개된다. 이러한 구성은 독자에게 '죽음'이라는 결말을 먼저 제시함으로써 그 죽음에 이르게 된 원인과 과정을 추적하게 만드는 긴장감을 준다. 이는 단순한 이야기 전달을 넘어 죽음이라는 주제를 중심에 두고 삶을 되돌아보게 하는 장치로 기능한다. 이반의 병세가 점차 악화됨에 따라 이반의 내면 독백과 심리 묘사가 점차 깊어지고 밀도 있게 펼쳐진다. 톨스토이는 의식의 흐름을 잘 표현해 이반이 느끼는 공포, 분노, 회의, 그리고 수용에 이르는 감정의 변화를 섬세하게 그려 냈다. 이반의 심리적 여정은 독자로 하여금 죽음을 단순한 종말이 아닌 존재의 본질을 마주하는 과정으로 인식하게 만들며, 인간 내면의 복잡성과 변화 가능성을 드러낸다.

이반의 개인적 고통과 내면 변화가 중심에 놓인 가운데, 작품은 풍자와 아이러니를 통해 사회적 위선을 날카롭게 비판한다. 이반의 동료들과 아내는 그의 죽음을 진심으로 애도하기보다는 자신의 이익과 편의를 먼저 계산한다. 특히 장례식 장면은 블랙 코미디 요소를 띠며 죽음 앞에서도 여전히 자기중심적인 인간의 모습을 풍자한다. 이는 당시 러시아 상류층의 도덕적 붕괴를 드러내며, 인간 본성에 대한 통찰을 제공한다.

이러한 주제 의식은 상징적 인물 배치를 통해 더욱 선명하게 드러난다. 하인 게라심은 진정성과 순수함을 상징하며 이반의 내면 변화에 결정적인 역할을 한다. 반면, 아내 프라스코비야와 동료 법관들은 외면과 내면이 다른 위선적인 인물로 묘사되어 이반이 처한 사회적 환경의 부조리를 상징한다. 이처럼 대조적인 인물 구성을 통해 톨스토이는 인간관계의 진실성과 위선을 극명하게 대비하며, 독자에게 도덕적 판단의 기준을 제시한다.

이와 함께 톨스토이는 사실주의적 묘사를 통해 이반의 병세 진행, 육체적 고통, 주변 인물들의 반응 등을 생생하게 그려 낸다. 이러한 묘사는 독자에게 마치 이반의 고통을 함께 겪는 듯한 몰입감을 제공하며, 죽음을 추상적 개념이 아닌 현실의 일부로 받아들이게 만든다. 이는 죽음이라는 주제를 더욱 실감나게 전달하며, 독자의 감정과 사유를 깊이 자극하는 구실을 한다.

부활

Воскресение(Resurrection), 1899

《부활》은 톨스토이가 그의 후기 사상을 집대성한 작품으로, 인간의 도덕적 각성과 사회적 정의, 영적 구원을 깊이 있게 탐구한 작품이다. 《전쟁과 평화》, 《안나 카레니나》와 함께 톨스토이 3대 장편소설으로 꼽히는데, 《부활》은 그중에서도 윤리적인 메시지가 가장 강하게 드러난다.

이 작품은 러시아 제국 말기의 사회적 모순과 인간의 도덕적 타락을 고발하고, 진정한 회개와 영혼의 갱생을 통해 인간이 다시 태어날 수 있다는 희망을 제시한다. 이는 톨스토이가 말년에 겪은 종교적·도덕적 각성과 깊은 관련이 있다.

톨스토이는 당시 러시아의 법 제도, 교회, 귀족 사회의 위선과 부패에 대해 큰 문제의식을 느끼고 있었다. 그래서 귀족적 삶과 문학적 명성을 거부하고 도덕적 진실과 종교적 각성을 추구하는 삶으로 나아갔다. 개인의 양심과 사랑, 겸손을 중심으로 한 새로운 삶의 철학을 모색했고, 금욕주의적 삶을 실천하며 사유재산과 폭력을 거부하는 한편, 농민의 삶을 이상적으로 여기게 된다. 《부활》은 이러한 사상을 고스란히 담고 있다.

톨스토이는 실제 사건(한 여성 죄수의 이야기)을 접한 뒤 이 작품을 구상하게 되었다고 한다. 그 이야기를 바탕으로 한 여성을 파멸로 이끈 귀족 남성의 죄책감과 속죄를 소재로 《부활》을 완성했고, 이것은 그의 마지막 장편소설이 되었다. 당시 이 작품은 러시아 정교회와 황실의 권위에 도전하는 내용이 담겨 있어 출간 당시 큰 논란을 불러일으켰다. 그래서 검열을 당하는가 하면 출판 제한을 받기도 했다고 한다.

《부활》은 단순한 사랑 이야기나 법정 드라마가 아니라 인간의 내면 변화와 사회적 각성을 그린 철학적 서사이다. 톨스토이는 이 작품을 통해 인간은 누구나 회복과 구원의 가능성을 지닌 존재이며, 진정한 변화는 외부가 아니라 내면에서 시작된다고 말한다. 작품 속 주인공인 네흘류도프의 여정은 곧 톨스토이 자신의 도덕적 각성과도 맞닿아 있으며, 독자에게 깊은 성찰을 요구한다. 이 작품은 오늘날에도 여전히 강력한 울림을 주며, 우리가 어떤 삶을 살아야 하는지를 되묻는다.

'부활'이라는 제목은 단순한 종교적 상징이 아니라, 인간의 내면 변화와 도덕적 각성을 의미한다. 톨스토이는 이 작품을 통해 인간은 누구나 잘못을 저지를 수 있지만, 진심 어린 회개와 실천을 통해 다시 태어날 수 있다는 희망을 전한다.

1. 작품의 줄거리와 등장인물

젊은 귀족 네흘류도프는 예전에 잠깐 고모네 집에서 지낸 적이 있었다. 그때 고모네 집의 하녀였던 카츄샤 마슬로바와 하룻밤을 보내게 된다. 그녀는 농노의 사생아로, 네흘류도프의 고모들이 딸처럼 키우며 예의범절과 프랑스어까지 가르친 순수한 소녀였다. 네흘류도프는 그녀에게 강한 끌림을 느끼고, 결국 그녀를 유혹하여 육체적 관계를 맺는다. 그러나 그는 곧 도시로 돌아가고, 얼마 뒤 카츄샤는 임신한 사실을 알게 된다. 이 일로 카츄샤는 고모 집에서 쫓겨나고, 결국 아이마저 태어난 지 얼마 되지 않아 죽고 만다. 그녀는 생계를 위해 이곳저곳을 떠돌다 결국 몸을 팔아 생계를 유지하는 신세가 된다. 결국 네흘류도프와의 만남이 그녀의 인생을 송두리째 바꿔 놓았다.

수년 후 네흘류도프는 배심원으로 법정에 나가게 된다. 그가 맡은 사건은 한 상인의 독살 사건으로, 피고는 바로 카츄샤였다. 그녀는 상인의 돈을 훔쳤다는 혐의로 기소되었지만, 실제로는 죄가 없었다. 네흘류도프는 그녀를 알아보고 충격을 받고, 그녀의 몰락이 자신의 과거 행동 때문이라는 죄책감에 휩싸인다. 배심원단은 그녀에게 살해 의도가 없었다는 단서를 빠뜨린 채 유죄 평결을 내리고, 카츄샤는 '시베리아 유형'을 선고받는다. 네흘류도프는 그녀를 구하기 위해 행동에 나서기로 결심한다.

네흘류도프는 카츄샤의 과거를 되짚으며 자신의 방탕했던 삶을 반성한다. 그는 그녀에게 사과하고 결혼을 제안하며 그녀의 삶을 되돌리려 한다. 카츄샤는 그의 제안을 거절하지만, 네흘류도프의 진심 어린 태도에 점차 마음을 열기 시작한다.

이 과정에서 네흘류도프는 러시아 사회의 부조리와 불평등에 눈뜨게 된다. 그는 감옥을 방문하며 수많은 무고한 죄수들의 사정을 듣고 그들을 돕기 위해 노력한다. 그의 삶은 점차 개인적 뉘우침에서 사회적 각성으로 확장된다. 네흘류도프는 카츄샤의 사건을 상고하기 위해 원로원에 탄원서를 제출하지만 기각된다. 그는 포기하지 않고 황제에게 탄원서를 올리며 그녀의 무죄를 입증하려 애쓴다. 동시에 그는 자신의 영지에 가서 농민들에게 토지를 나눠 주는 등 사회 개혁을 실천한다. 이러한 변화는 귀족 사회의 위선과 불평등에 대한 톨스토이의 비판적 인식을 보여준다. 네흘류도프는 점차 외적 성공보다 내적 성찰과 도덕적 책임을 중시하는 인물로 바뀌어 간다.

카츄샤는 시베리아 유형지로 이송되는데, 네흘류도프는 그녀를 따라가기로 결심한다. 그는 그녀가 정치범들과 함께 이동할 수 있도록 조치하고, 그들과 교류하며 새로운 사상과 인간적 연대를 경험한다. 이 여정은 네흘류도프에게 또 다른 깨달음을 준다. 네흘류도프는 다양한 죄수들과 교류하며, 러시아 제국의 부패한 사법 체계와 교도소의 비인간적인 현실을 알게 된다. 그는 점차 자신이 속했던 귀족 사회의 위선과 무관심, 종교의 형식주의, 국가 권력의 폭력성을 깨닫는다. 이러한 깨달음은 그를 더욱 깊은 자기 성찰로 이끌며, 진정한 정의와 인간의 존엄성은 제도나 권위가 아닌 개인의 양심과 사랑에서 비롯된다는 확신을 갖게 된다.

유형지에서 정치범 중 한 명인 시몬손이 카츄샤를 사랑하게 되고 그녀에게 결혼을 제안한다. 네흘류도프는 그녀의 선택을 존중하며 자신의 감정을 내려놓는다. 카츄샤는 시몬손과 새로운 삶을 시작하기로 결정하고, 네흘류도프는 그녀의 선택을 존중한다. 그는 더 이상 그녀를 통해 자신의 죄를 씻으려 하지 않았고, 그녀가 자유롭고 존엄한 인간으로 살아가기를 바랐다.

소설 마지막에서 네흘류도프는 카츄샤와의 관계를 통해 자신이 진정으로 변화했음을 느낀다. 그는 이제 과거의 방탕한 귀족이 아니라 도덕적 책임과 인간적 연민을 실천하는 사람으로 거듭났다. 카츄샤 역시 사회적 죽음을 겪었던 존재에서 인간으로서 존엄을 회복하며 새로운 삶을 향해 나아간다.

드미트리 이바노비치 네흘류도프

러시아 상류층 출신의 귀족. 젊은 시절에는 쾌락과 욕망, 체면과 관습을 우선시하며 살았으나, 카츄샤 마슬로바와의 사건을 겪으며 지난날을 반성하고 삶의 방향이 바뀌게 된다. 이후 러시아 사회에 대한 비판 의식과 더불어 사회적 약자에 대한 연대감을 느끼며 인간성을 회복해 가는 인물이다.

예카테리나 미하일로브나 마슬로바(카츄샤)

농노의 사생아로 태어난 하녀지만, 귀족적 예절과 교양을 익힌 데다 순수하고 밝은 성격을 지닌 인물. 네흘류도프와의 사건 때문에 갖은 고생을 하다 살인 혐의를 뒤집어쓰고 형벌까지 받는다. 그런데 아이러니하게도 그 형벌을 계기로 새로운 삶을 살아갈 가능성을 발견하게 된다.

셀레닌

귀족 출신의 법관. 네흘류도프의 친구이자 동료로 인간적인 감정보다 법과 사회적 질서를 중시하며 체제의 안정과 권위를 앞세우는, 당시 러시아 지식인의 일반적인 태도를 표상하는 인물이다.

마리야 파블로브나

사회적 약자에 대한 연민과 정의감이 강한 지적이고 도덕적인 인물. 귀족 출신이지만 상류층의 위선과 특권을 비판하며, 죄수들을 돕는 활동에 헌신하는 실천적 지식인. 톨스토이가 추구한 기독교적 사랑과 사회적 정의를 구현하는 인물에 해당한다. 독립적이고 주체적인 삶을 살아가는 여성 인물로, 당시 러시아 문학에서 보기 힘든 여성상이다.

블라디미르 시몬손

혁명 사상을 지닌 정치범으로, 이념적 신념과 도덕적 실천을 중시하는 인물. 폭력이 아닌 인간의 내면 변화와 도덕적 각성을 통해 사회를 바꿔야 한다고 믿으며, 이는 톨스토이의 후기 사상(비폭력, 무저항주의, 기독교적 평등주의)과 일맥상통한다. 마리야 파블로브나와 함께 《부활》의 주제 의식을 완성하는 데 중요한 역할을 한다.

2. 작품에 드러난 주제 의식

도덕적 각성과 속죄

《부활》은 인간이 잘못을 저지를 수 있지만, 진심 어린 반성과 실천을 통해 다시 태어날 수 있다는 희망을 제시한다. 주인공 네흘류도프는 과거의 죄를 직면하고, 카츄샤를 돕는 과정에서 도덕적 각성을 경험한다.

네흘류도프는 카츄샤를 유혹하여 관계를 맺은 뒤 그냥 떠나 버렸다. 그러고는 아무런 죄책감 없이 자신의 사회적 위치를 유지하며 살아간다. 그는 법률을 공부하고 사회적 정의를 말하지만, 실제로는 체면과 관습에 순응하며 진정한 도덕적 실천에는 무감각한 인물이었다.

수년 후 네흘류도프는 재판에 배심원으로 참석했다가 살인 혐의로 피고인석에 앉아 있는 카츄샤를 마주하게 된다. 그녀의 모습을 본 순간, 네흘류도프는 그녀의 몰락이 자신의 행동에서 비롯되었음을 깨닫고 처음으로 깊은 죄책감을 느낀다.

> 그는 자신이 그녀를 파멸로 이끌었다는 사실을 처음으로 마음 깊이 깨달았다. 그리고 그 순간부터 그는 자신이 지금껏 살아온 삶 전체를 부끄러워했다.

이 부분은 단순한 감정적 동요를 드러내는 것을 넘어, 자신의 삶 전체를 돌아보고 회개하는 전환점이 된다. 이후 네흘류도프는 도덕적 각성과 속죄의 여정을 시작한다.

> 그는 이제 자신만을 위한 삶을 살 수 없다는 것을 알았다. 그녀를 구하는 것이 곧 자신을 구하는 길이었다.

> 그는 이제 귀족적인 쾌락이나 예술적 취미에 만족할 수 없었다. 감옥을 드나들며 고통받는 사람들의 삶을 이해하게 되었고, 그들과 함께 고통받기를 원했다.

네흘류도프는 도덕적 각성을 이룬 뒤 카츄샤를 구하기 위해 법적 절차를 밟고 그녀를 따라 시베리아 유형지까지 동행한다. 이 과정에서 그는 러시아 사회의 부조리와 불공정한 사법 체계를 목격하고, 특권층으로 살았던 자신의 삶에 회의를 느낀다. 그와 아울러 사회적 약자에 대한 연민과 책임감을 갖게 되고, 이런 변화는 개인적 회개를 넘어 사회적 각성으로 이어진다. 그의 각성은 죄책감에서 출발했지만, 점차 인간의 존엄성과 정의를 실현하려는 실천적 삶으로 발전하게 된 것이다.

톨스토이는 네흘류도프의 변화 과정을 통해 인간이 어떻게 참된 회개와 구원을 향해 나아갈 수 있는지를 보여준다. 그의 변화는 단순한 감정적 속죄가 아니었으며, 삶의 방향을 근본적으로 바꾸는 실천적 결단이었다. 톨스토이는 이를 통해 인간은 누구나 '부활'할 수 있다고 말한다.

인간의 존엄성과 사회적 약자에 대한 연민

이 작품은 사회적으로 소외된 인물들을 중심으로 이야기가 전개되며, 그들의 삶을 통해 인간의 존엄성과 평등의 가치를 강조한다. 카츄샤는 사회적 낙인 속에서도 인간으로서의 존엄을 회복하며, 시몬손과의 관계를 통해 새로운 삶을 선택한다. 톨스토이는 이들을 통해 사회적 약자에 대한 연민과 존중이 진정한 정의의 출발점임을 보여준다.

카츄샤는 농노의 사생아로 태어나 네흘류도프의 고모네 집에서 자라며 예절과 교양을 익힌다. 그녀는 네흘류도프에게 버림받은 후 아이를 잃고 고모 집에서도 쫓겨나 생계를 위해 떠돌다 매춘부로 전락하고, 결국에는 억울하게 살인 혐의를 받아 법정에까지 서게 된다. 그녀는 죄가 없었지만 법정은 그녀를 범인으로 몰았다. 이는 당시 러시아 사회의 계급적 불평등과 여성에 대한 구조적 폭력을 상징적으로 보여주는 사건이다.

카츄샤는 법정에서조차 인간적인 존중을 받지 못했으며, 사회적 낙인과 편견 속에서 철저히 고립되었다. 그녀는 자신을 방어할 힘도, 존엄을 지킬 기회도 얻지 못한 채 억울하게 죄인으로 규정되어 버린다.

"당신의 잘못이 이제 더는 나를 괴롭히지 않아요. 나는 당신을 용서했어요. 당신이 진심으로 나를 돕고 싶다면 그 마음만으로도 충분해요."

그녀는 그의 눈을 바라보며 조용히 말을 이었다.

"당신이 변했다는 걸 느껴요. 그게 나에게는 가장 큰 위로예요."

처음에 카추샤는 네흘류도프의 사과와 도움을 냉소적으로 받아들이지만, 그의 진심과 실천을 보며 점차 마음을 연다. 이는 카추샤 또한 과거의 상처를 넘어서려는 의지가 있었기 때문이었다. 이러한 순간들은 인간성의 회복과 용서, 그리고 사랑의 가능성을 상징적으로 보여준다 하겠다.

시베리아 유형지로 향하는 여정에서 카추샤는 정치범들과 교류하며 세상에 대한 안목과 시각을 넓히게 되고, 시몬손을 통해 과거의 상처를 넘어 새로운 삶의 가능성을 발견한다.

"나는 그와 함께 가겠어요. 그는 나를 동정하는 게 아니라 있는 그대로의 나를 존중해요."

카추샤는 네흘류도프의 도움과 진심을 받아들이지만, 그와 함께하는 삶이 아닌 자신을 존중하고 평등하게 대하는 시몬손과 함께하는 삶을 선택함으로써 자율성과 회복된 인간의 존엄성을 보여준다.

그녀는 시몬손의 손을 잡고 나지막하게 말했다.
"당신과 함께라면 다시 시작할 수 있을 것 같아요."

카츄샤가 과거의 피해자가 아닌, 스스로 삶을 선택하는 주체로 변화하는 순간이다. 이처럼 카츄샤는 '사회적 희생자'이면서 동시에 '도덕적 회복의 가능성'을 상징한다. 그녀는 귀족 사회의 위선과 남성 권력에 의해 파괴된 존재이지만, 진심 어린 관계와 실천을 통해 다시 태어난다.

그녀의 변화는 단순한 구원이 아니라 인간이 어떻게 다시 존엄을 회복할 수 있는지를 보여주는 상징적 서사이다. 톨스토이는 그녀를 통해 '죄인은 누구인가? 그리고 인간은 무엇으로 다시 태어나는가?'라는 질문을 던진다.

사회적 약자에 대한 인식은 마리야 파블로브나에 의해서도 잘 드러나는데, 그녀는 지적이고 도덕적인 인물로 사회적 약자에 대한 연민과 정의감이 강하다. 마리야는 네흘류도프가 카츄샤를 돕는 과정에서 중요한 조력자 구실을 하는데, 그녀는 감옥 행정에 대한 지식과 경험을 바탕으로 네흘류도프에게 현실적인 조언을 해 줄 뿐만 아니라, 그가 흔들릴 때마다 도덕적 중심을 잡아 주는 역할을 한다.

그녀는 네흘류도프와 카츄샤의 관계를 감정적으로 판단하지 않고, 오히려 카츄샤의 인권과 존엄성을 어떻게 하면 회복할 수 있을지에 집중한다. 그럼으로써 그녀는 작품 속에서 도덕적 실천의 모델로 기능한다.

마리야는 톨스토이가 추구한 기독교적 사랑과 사회적 정의를 구현하는 인물이다. 그녀는 단순한 감정이나 동정심이 아니라 체계적이고 지속적인 실천을 통해 고통받는 사람들을 돕는다. 그녀의 존재는 귀족 사회의 위선과 무관심에 대한 대안으로 제시되며, 인간의 존엄성과 평등을 실현하는 길을 보여준다. 또한 그녀는 여성 인물로서 독립적이고 주체적인 삶을 살아가는 드문 사례로, 당시 러시아 문학에서 보기 힘든 도덕적 주체로서의 여성상을 상징한다.

제도적 정의와 도덕적 정의의 충돌

《부활》은 러시아 제국의 법정, 감옥, 교회, 귀족 사회를 배경으로, 제도적 정의가 인간의 고통을 외면하는 현실을 비판한다. 법은 카츄샤를 무고하게 유죄로 만들고, 교회는 형식적 신앙만을 강조하며, 귀족 사회는 위선과 무관심으로 가득하다. 네흘류도프는 이러한 국가와 사회 체제를 비판하고 맞서며, 도덕적 실천을 통해 진정한 정의를 추구한다.

> 셀레닌은 네흘류도프의 감정적 동요를 이해하지 못했다. 그는 법은 법일 뿐이며, 개인의 감정이 법적 판단에 개입되어서는 안 된다고 말했다.

셀레닌은 네흘류도프의 도덕적 각성과 실천을 이해하지 못하고, 그것을 불필요한 감정적 행동으로 여긴다. 그는 카츄샤 사건을 단순한 법적 문제로 바라보며, 네흘류도프가 그녀를 돕기 위해 사회적 관습을 거스르는 것을 비현실적이라고 생각한다.

이러한 태도는 네흘류도프의 변화와 극명한 대비를 이루며, 독자들에게 '진정한 정의란 무엇인가?'라는 질문을 던지게 한다. 셀레닌은 체제의 논리를 대변하는 인물로, 톨스토이가 비판하고자 한 형식적 정의와 도덕적 무감각을 상징한다.

셀레닌은 네흘류도프의 내면 변화와 도덕적 각성을 더욱 돋보이게 만드는 인물이기도 하다. 그는 주인공의 고뇌와 실천이 단순한 감정적 반응이 아니라 체제와의 충돌을 감수한 윤리적 선택임을 강조한다. 또한 그는 독자들에게 현실적 생각과 도덕적 이상 사이의 긴장을 체험하게 함으로써 작품의 철학적 깊이를 더한다. 셀레닌은 톨스토이가 비판하고자 했던 대상인 동시에 독자가 스스로를 비추어 볼 수 있는 거울 같은 인물이다.

영혼의 부활과 삶의 재탄생

'부활'이라는 제목은 단순한 종교적 상징이 아니라 인간의 내면과 삶의 방향이 긍정적인 방향으로 변화하는 것을 의미한다. 톨스토이는 육체적 생존보다 영혼의 갱생을 더 중요하게 여기며, 진정한 삶은 도덕적 책임과 실천 속에서 이루어진다고 말한다. 이는 기독교적 사랑과 무저항주의, 평등사상과도 연결된다.

이러한 톨스토이의 사상을 가장 잘 보여주는 작품 속 인물이 바로 시몬손이다. 그는 혁명 사상을 지닌 인물로 이념과 실천을 동시에 추구하는 인물이다. 그는 폭력적인 방법이 아니라 인간의 내면 변화와 도덕적 각성을 통해 사회를 바꿔야 한다고 믿는다. 이런 그의 사고방식은 앞서 말한 톨스토이의 후기 사상(비폭력, 무저항주의, 기독교적 평등주의)과 밀접하게 닿아 있다.

그는 감옥에서도 고요하고 단정한 태도를 유지하며, 타인의 고통에 깊은 공감과 연민을 보인다. 시몬손은 이념에만 매몰된 인물이 아니라 실제 삶 속에서 도덕적 실천을 추구하는 이상주의자이다. 그는 유형지로 향하는 여정에서 카츄샤를 만나 그녀의 내면을 진심으로 이해하고 존중한다. 그는 그녀에게 결혼을 제안하며, 과거의 상처와 낙인을 넘어 새로운 삶을 함께 시작하자고 말한다. 그의 제안은 단순한 연애 감정이 아니라 존엄한 인간으로서의 회복과 동행을 의미한다.

카츄샤는 그의 제안에 혼란스러워하지만, 시몬손의 진심과 자신을 존중하는 모습에 마음을 열고 결국 그의 제안을 받아들인다. 이는 그녀의 '부활'이 단지 네흘류도프의 속죄에 의한 것이 아니라 스스로 선택한 삶의 방향임을 보여준다.

시몬손은 톨스토이가 말하고자 한 도덕적 실천과 인간 존엄의 구현자이다. 그는 체제에 저항하면서도 폭력에 의존하지 않으며, 인간의 내면 변화와 연대를 통해 사회를 바꾸려 한다. 그의 존재는 네흘류도프의 감정적 회개와 대비되며, 이념과 실천이 일치하는 인물상을 제시한다.

또한 그는 카츄샤에게 새로운 삶의 가능성을 제시함으로써 그녀의 회복이 타인의 구원에 의존하지 않고 자율적 선택으로 이루어질 수 있음을 보여준다.

시몬손은 작품 후반부에서 카츄샤의 삶을 전환하는 인물로 등장하며, 네흘류도프의 감정적 집착을 해소하는 역할도 한다. 그는 카츄샤의 인간적 존엄을 회복시키는 동시에, 네흘류도프에게 사랑이란 소유가 아니라 존중과 해방임을 깨닫게 한다.

3. 우리는 부활할 수 있는가?

《부활》은 19세기 러시아 사회를 비판하는 것을 넘어, 오늘날에도 여전히 유효한 '인간 존재와 사회 구조에 대한 보편적인 질문'을 던진다.

오늘날에도 법과 제도는 존재하지만, 그것이 항상 정의를 실현하는 쪽으로 작용하는 것만은 아니다. 죄가 없는 사람이 억울하게 처벌을 받을 때도 있고, 사회적 약자에 대한 차별이 행해지기도 하며, 형식적이고 무성의한 판결이 인간의 고통을 외면하는 현실은 여전히 반복되고 있다. 우리는 '법에 따른 판단이 언제나 정의로운가?'라는 질문을 던져야 한다. 법적 판결이 도덕적 정의와 충돌하는 경우가 많기 때문이다.

그러니 법과 제도에만 의존하지 말고, 양심과 윤리적 판단을 함께 고려하는 사회를 만들고 있는지 돌아봐야 한다.

카츄샤 마슬로바처럼 사회에서 낙인찍히고 소외된 사람들은 지금도 존재한다. 빈곤층, 이주민, 장애인, 성 소수자 등 다양한 사회적 약자들이 구조적 차별과 편견 속에 살아가고 있다. 그렇지만 우리는 그러한 사회적 약자들에게 관심을 기울이기보다는 무관심한 편이고, 그들의 목소리를 외면하기 일쑤이다. 그들과 관련된 복지, 교육, 노동, 젠더 문제 등에 더 관심을 가지고 연대한다면 더불어 살아가는 더 나은 세상이 되지 않을까.

우리는 그들의 목소리를 듣고, 함께 살아가는 공동체로서의 책임을 고민해야 한다.

네흘류도프는 과거의 잘못을 직면하고 회개함으로써 변화된 삶을 살 수 있었고, 카츄샤는 억울하게 법의 심판을 받고 처벌을 감수해야 했지만, 그 과정에서 주변 사람들의 도움과 믿음으로 주체성을 회복하면서 새로운 삶의 가능성을 발견할 수 있었다.

이처럼 인간은 변화·발전·성장하는 존재이며, 긍정적인 인간관계 속에서 바람직하게 변화하고 깨달음을 얻어 자신의 잘못을 뉘우치고 반성하며 앞으로 나아갈 수 있는 회복 탄력성을 지닌 존재이다. 그런데 오늘날 우리는 개인의 실수나 사회적 범죄를 어떻게 바라보고 있는가? 진심 어린 사과와 반성, 그리고 회복의 기회를 주고 있는가, 아니면 영원히 낙인찍어 그들을 배타적으로 대하고 있는가?

회개와 용서, 그리고 재탄생의 가능성을 다시 생각해 봐야 한다. 용서와 회복의 문화는 개인뿐 아니라 공동체의 건강성을 좌우하기 때문이다.

톨스토이는 귀족 사회의 위선을 날카롭게 비판했다. 오늘날 우리도 외적 성공, 명예, 이미지에 집착하며 진정한 인간성과 도덕적 책임을 외면하는 경우가 많다. SNS, 소비문화, 경쟁 중심 사회 속에서 우리는 '나는 누구를 위해 살고 있는가?'라는 질문을 던져야 한다.

마리야 파블로브나, 시몬손처럼 실제로 행동하는 사람은 드물다. 우리는 정의와 평등을 말하지만, 그것을 실천하고 있는가? 단순한 공감이나 동정심을 넘어서, 행동으로 옮기는 용기와 지속적인 실천이 필요한 시대이다. 네흘류도프는 한 사람의 변화가 사회

구조를 흔들 수 있다는 희망을 보여준다. 우리 시대에도 작은 실천과 각성이 모인다면 큰 변화를 만들어 낼 수 있을 것이다.

4. 문학적 특징

톨스토이의 《부활》은 인간의 도덕적 각성과 사회 제도의 부조리를 동시에 조명하는 작품으로, 다양한 문학적 기법을 통해 깊은 철학적 메시지를 전달한다. 특히 사실주의적 묘사와 심리적 탐구, 상징과 은유의 활용은 이 작품을 단순한 서사 이상의 성찰적 문학으로 끌어 올린다.

우선 톨스토이는 사실주의적 묘사를 통해 당시 러시아 사회의 현실을 생생하게 드러낸다. 감옥, 법정, 유형지, 귀족 사회 등 다양한 공간을 구체적으로 그려 내며, 죄수들의 생활상과 행정 절차, 감옥의 구조까지 세세하게 묘사한다.

이러한 현실감은 독자에게 현장에 있는 듯한 몰입감을 제공하며 사회적 모순과 인간의 고통을 직접 체험하는 듯한 감각을 불러일으킨다. 이는 단순한 배경 설명을 넘어, 작품의 도덕적 메시지를 강화하는 역할을 한다.

네흘류도프의 내면 변화를 더욱 두드러지게 표현하기 위해 톨스토이는 그의 심리적 흐름을 세밀하게 보여준다. 깊이 있는 심리 묘사는 그의 죄책감, 회개, 갈등, 각성의 과정을 섬세하게 포착하며 독자에게 윤리적 공감과 성찰을 유도한다. 특히 카츄샤와의 재회 이후 네흘류도프가 느끼는 도덕적 동요는 인간의 변화 가능성과 내면의 부활을 상징적으로 보여준다.

또한 톨스토이는 풍자와 아이러니를 통해 러시아 사회의 위선을 날카롭게 비판한다. 귀족 사회, 법 제도, 교회 등 권위적 체계는 겉으로는 정의와 질서를 말하지만 실제로는 무관심과 위선으로 가득 차 있다. 카츄샤가 무고하게 유죄 판결을 받는 장면은 제도적 정의의 허구성을 드러내며 독자에게 제도에 대한 비판적 시선을 갖게 한다.

나아가 이 작품의 주제 의식은 작품의 제목과 상징을 통해 더욱 선명하게 드러난다. 상징적 제목인 '부활'은 단순한 종교적 개념을 넘어 인간의 도덕적 재탄생을 의미한다. 카츄샤의 치유와 회복, 네흘류도프의 각성, 시몬손의 실천은 모두 '부활'이라는 상징 아래 연결되며, 이는 작품 전체를 관통하는 핵심 장치로 작용한다. 톨스토이는 이를 통해 인간이라는 존재의 본질과 다양한 가능성을 표현하고 있다.

이와 함께 작품 전반에는 종교적 은유와 도덕적 언어가 자연스럽게 녹아 있다. 기독교적 사랑, 용서, 회개, 구원 등의 개념은 인물들의 행동과 선택을 통해 은유적으로 드러나며, 직접적인 설교가 아닌 문학적 장치를 통해 독자에게 윤리적 질문을 던진다. 특히 네흘류도프의 변화는 성경적 회개 구조(죄를 자각 – 내면의 고뇌 – 변화의 시작 – 영적 성장)를 따르며, 인간의 도덕적 회복 가능성을 보여준다.

마지막으로 이러한 모든 요소를 뒷받침하는 것은 톨스토이의 문체의 명료성과 진지함이다. 그는 복잡한 수사나 장식적 표현보다 간결하고 직설적인 문장을 통해 메시지를 전달하며, 감정에 휘둘리지 않고 도덕적 중심을 유지한다. 이러한 문체는 작품의 철학적 깊이를 더욱 심화하며, 독자에게 직접적이고 강렬한 울림을 남긴다.

무도회가 끝난 뒤

После бала(After the Dance), 1911

〈무도회가 끝난 뒤〉는 1903년 집필되어 톨스토이 사후인 1911년에 발표된 단편소설로, 짧지만 강렬한 반전을 통해 러시아 사회의 모순을 드러내는 작품이다. 무도회의 화려함과 군권의 잔혹함 속에서 주인공의 사랑과 출세의 꿈이 산산이 부서진다.

액자식으로 구성된 이 작품은 노년의 이반 바실리예비치가 자신의 인생을 바꾸어 놓은 과거의 사건을 회상하며 전개된다. 그는 청년 시절에 무도회에서 대령의 딸 바렌카를 만나 사랑에 빠진다. 무도회 장면에서는 화려한 실내, 음악과 춤, 바렌카의 아버지인 대령의 훌륭한 모습이 아름답게 그려진다.

그러나 다음 날 아침, 그는 바렌카의 아버지를 필두로 군대에서 도망치다 잡힌 타타르인을 집단 구타하는 현장을 목격한다. 그 모습에 충격을 받은 그는 대령의 행동을 정당화하고자 노력하나 실패하고 사랑과 군 복무를 모두 포기한다.

이 작품은 개인적 체험이 인생을 바꾸는 각성의 순간을 보여주는 동시에, 러시아 체제의 어두운 모습을 드러낸다.

1. 작품 읽기

"그리고 당신은 인간이 스스로 선과 악이 무엇인지 이해할 수 없다고 말합니다. 그 이유는 환경 때문이며, 환경이 인간을 짓누르기 때문이라는 거죠. 하지만 저는 그것이 모두 운이라고 생각합니다. 제 경우를 보세요."

우리의 훌륭한 친구 이반 바실리예비치는 '사람들이 사는 환경의 변화 없이는 개인의 성격을 개선하는 것이 불가능하다'는 주제로 우리 사이에 대화가 오간 뒤 이렇게 말했다. 실제로 스스로 선악을 이해할 수 없다고 말한 사람은 아무도 없었지만, 이반 바실리예비치는 대화 중에 자신의 마음속에 떠오른 생각 때문에 이런 식으로 말했다. 그는 자신의 삶 속에서 일어난 사건들을 이야기하며 그 생각을 설명하는 습관이 있었다. 그는 이야기를 하는 중에 종종 이야기의 맥락을 완전히 벗어나곤 했지만, 항상 진심 어린 마음과 감정을 담아 이야기했다. 이번에도 그랬다.

"내 삶은 환경이 아니라 완전히 다른 무언가에 의해 형성되었습니다."

우리는 그게 무엇인지 물었다.

"아, 그건 긴 이야기입니다. 여러분이 이해하시려면 많은 것을 말씀드려야 합니다."

"그럼 말씀해 주세요."

이반 바실리예비치는 잠시 생각하더니 고개를 끄덕였다.

"제 평생이 하룻밤, 아니 하루아침에 바뀌었습니다."

"왜요? 무슨 일이 있었는데요?"

우리 중 한 명이 물었다.

"무슨 일이 있었냐면…… 제가 사랑에 깊이 빠졌다는 겁니다. 여러 번 사랑에 빠져 봤지만 그때가 가장 진지했습니다. 이제는 과거의 일이고, 그녀는 결혼한 딸들을 두고 있어요. 그녀는 바렌카 B입니다."

이반 바실리예비치는 그녀의 성을 언급했다.

"그녀는 쉰이 된 지금도 놀랍도록 아름답지만, 열여덟 살 때는 정말 엄청났어요. 늘씬하고 큰 키에다 우아하고 위풍당당했죠. 네, 위풍당당하다는 말이 맞습니다. 그녀는 본능적으로 몸을 곧게 세우고 고개를 높이 들었는데, 그것이 그녀의 큰 키, 아름다운 외모와 어우러져 마치 여왕 같은 분위기를 만들었습니다. 비록 뼈가 앙상할 만큼 말랐지만 말이죠. 그녀의 미소는 언제나 쾌활하고 진심이 담겨 있었고, 그녀의 눈빛은 매력적이었죠. 젊고 사랑스럽지 않았다면 오히려 부담스러웠을 수도 있었을 겁니다."

"정말 매혹적으로 묘사하시는군요, 이반 바실리예비치!"

"묘사라니요! 여러분이 그녀를 제대로 평가할 만큼 제가 그녀를 묘사하는 것은 불가능합니다. 하지만 그건 중요하지 않아요. 제가 이야기하려는 일은 1840년대에 일어났습니다. 저는 그때 지방 대학의 학생이었습니다. 불행인지 다행인지, 그때 우리 대학에는 정치 클럽이나 이론도 없었습니다. 우리는 그저 젊었고, 당시 젊은이들처럼 공부하고 즐기며 시간을 보냈습니다. 저는 아주 명랑하고 활기차며 거리낄 것 없었고, 돈도 넉넉했어요. 저는 멋진 말을 가지고 있었고, 젊은 여자들과 함께 썰매를 타러 다니곤 했죠. 스케이트는 아직 유행하지 않았을 때였습니다. 저는 친구들과 함께하는 술자리도 즐겼습니다. 그 시절에는 샴페인 외에 다른 건 마시지 않았어요. 샴페인이 없으면 아예 마시지 않았죠. 요즘처럼 보드카는 마시지 않았습니다. 저녁 파티와 무도회는 제가 가장 좋아하는 유흥이었습니다. 저는 춤을 잘 췄고, 못생긴 편도 아니었거든요."

근처에 있던 한 여자가 끼어들었다.

"이봐요, 겸손하실 필요 없어요. 저희는 당신 사진을 봤어요. 못생기지 않았다뇨! 당신은 잘생긴 편이었어요."

"잘생겼다…… 좋습니다, 그건 중요하지 않아요. 그녀에 대한 제 사랑이 가장 강했을 때, 축제(마슬레니차 축제) 마지막 날, 저는 그 지역의 누군가가 주최하는 무도회에 있었습니다. 그분은 친절하고 부유하며 손님 접대를 잘했지요. 그분만큼이나 마음씨 좋은 부인도 손님들을 정성껏 맞았습니다. 그녀는 짙은 자주색 벨벳 드레스를 입고 있었고, 이마에는 다이아몬드 머리띠를 두르고 있었죠. 그녀의 통통하고 엄청 하얀 어깨와 가슴이, 마치 표트르 대제의 딸인 엘리자베타 여제의 초상화처럼 드러나 있었습니다.

정말 멋진 무도회였습니다. 아름다운 공간이었고, 그 당시 유명했던 오케스트라도 자리를 채우고 있었습니다. 그 오케스트라는 음악에 관심 있는 지주가 자신의 농노들로 만든 것이었습니다. 다과도 훌륭했고 샴페인은 강물처럼 흘러넘쳤지요. 저는 샴페인을 좋아했지만 그날 밤에는 마시지 않았습니다. 왜냐하면 술 없이도 이미 사랑에 취해 있었기 때문이죠. 그리고 저는 샴페인 대신 쓰러질 때까지 왈츠와 폴카(polka)를 췄습니다. 물론 거의 바렌카와 함께였죠. 그녀는 분홍색 벨트를 두른 흰색 드레스, 흰색 구두, 그리고 가늘고 뾰족한 팔꿈치 밑까지 감싸는 흰색 염소 가죽 장갑을 착용하고 있었습니다.

그런데 아니시모프라는 역겨운 엔지니어가 그녀와 마주르카(mazurka) 파트너가 되어 저에게서 그 기회를 빼앗아 갔습니다. 저는 아직도 그를 용서할 수 없습니다. 제가 장갑을 사러 미용실에 갔다가 오는 바람에 조금 늦었는데, 그때 그녀가 도착했고 아니시모프가 춤을 신청했던 것이었죠. 그래서 저는 그녀와 마주르카를 추지 못하고, 전에 조금 관심 있었던 독일 아가씨와 파트너가 되었습니다. 그런데 그날 밤 저는 그 독일 아가씨에게 매우 예의 없이 행동했던 것 같습니다. 저는 거의 말을 걸거나 쳐다보지도 않았고,

분홍색 벨트를 두른 흰색 드레스를 입은 키 크고 날씬한 모습, 상기된 듯 빛나며 보조개가 있는 얼굴, 달콤하고 친절한 눈빛 외에는 아무것도 보이지 않았습니다. 저만 그런 것이 아니었습니다. 남녀 가릴 것 없이 모두가 감탄하며 그녀를 바라보았고, 그녀는 모두를 사로잡았습니다. 우리는 그녀를 찬양하지 않을 수 없었습니다.

저는 그녀의 마주르카 파트너가 아니었지만, 사실상 거의 내내 그녀와 춤을 추긴 했습니다. 그녀는 항상 용감하게 방 안의 사람들을 가로질러 저를 찾으러 왔습니다. 저는 선택받기를 기다리지 않고 그녀를 향해 움직였고, 그녀는 저의 직감에 미소로 답했습니다. 제가 다른 사람들과 함께 그녀에게 다가갔을 때, 그녀가 날씬한 어깨를 으쓱하며 어쩔 수 없이 다른 남자의 손을 잡은 적도 있는데, 그럴 때면 저에게 아쉬운 미소를 보냈습니다.

마주르카에 왈츠 순서가 나올 때마다 저는 그녀와 오랫동안 왈츠를 췄고, 그녀는 숨을 헐떡이고 미소를 지으며 '앙코르'라고 말하곤 했습니다. 그리고 저는 마치 육체의 존재를 의식하지 못하는 것처럼 계속해서 왈츠를 추고 또 췄습니다."

이때 듣고 있던 사람 중 한 명이 말했다.

"이봐요, 당신 팔이 그녀의 허리를 감싸고 있는데 어떻게 육체를 의식하지 않을 수 있습니까? 당연히 의식할 수밖에 없죠."

이반 바실리예비치는 거의 화내다시피 소리치며 말했다.

"이봐요, 요즘 사람들이나 그렇지! 당신들은 육체 외에는 아무것도 생각하지 않지만, 우리 시대에는 달랐습니다. 제가 사랑에 더 깊이 빠질수록 제 눈에는 그녀의 외적인 모습이 오히려 덜 보였습니다. 요즈음 당신들은 육체적 본능에 사로잡혀 사랑하는 여인의 옷을 벗기려 합니다. 그때 우리는, 훌륭한 작가였던 알퐁스 카르가 '제가 사랑했던 사람은 항상 청동 예복에 싸여 있었습니다.'라고 말했듯이, 그렇게 할 생각조차 하지 않았습니다. 우리는 노아의 선량한 아들처럼 그녀의 몸을 가리려고 노력했습니다. 아 뭐, 당신들은 이해하지 못할 겁니다."

이때 또 그들 중 한 명이 말했다.

"그의 말에 신경 쓰지 마세요. 계속하세요."

"글쎄요…… 저는 계속 그녀와 춤을 췄고, 시간이 어떻게 가는지 몰랐습니다. 악사들은 힘들고 지친 상태에서도 마주르카 선율을 계속 반복해서 연주했습니다. 무도회가 끝날 무렵의 분위기가 어떤지 아실 겁니다. 어른들은 벌써 저녁 식사를 기대하며 응접실의 카드 테이블에서 일어나고 있었고, 하인들은 물건들을 가져오느라 이리저리 뛰어다니고 있었습니다. 거의 3시였습니다.* 저는 마지막 순간들을 최대한 활용해야 했습니다. 저는 마주르카를 위해 다시 그녀를 선택했고, 백 번째로 방을 가로지르며 춤을 췄습니다.

* 이 작품의 배경은 니콜라이 1세 시대인 19세기 중반으로, 이때는 오후 4시경에 '아베트'라는 저녁 식사를 하는 것이 일반적이었다.

'저녁 식사 후의 카드리유(Quadrille)는 제 겁니다.'

그녀를 제자리에 데려다주며 제가 말했습니다.

'물론이죠. 제가 집으로 끌려가지 않는다면요.'

그녀는 미소를 지으며 말했습니다.

'저는 당신을 포기하지 않을 겁니다.'

제가 말했습니다.

'어쨌든 제 부채를 주세요.'

그녀가 대답했습니다.

'이것과 헤어지려니 정말 아쉽습니다.'

제가 흰색 부채를 건네며 말했습니다.

'음, 여기 당신을 위로할 무언가가 있어요.'

그녀는 부채에서 깃털 하나를 뽑아 저에게 주었습니다.

저는 깃털을 받아들었고, 저의 황홀함과 감사를 눈빛으로 표현할 수밖에 없었습니다. 저는 그저 기쁘고 즐거웠을 뿐만 아니라 행복하고 황홀했습니다. 저는 선했습니다. 저는 제가 아니라 마치 악을 모르는, 이 세상 사람이 아닌 어떤 존재였습니다. 저는 깃털을 장갑 속에 숨겼고, 그녀에게서 떨어지지 못하고 서 있었습니다.

'보세요. 그들이 아버지에게 춤을 추라고 재촉하고 있어요.'

그녀는 은색 견장을 단 대령인, 키 크고 위풍당당한 자신의 아버지가 몇몇 숙녀들과 함께 서 있는 문 쪽을 가리키며 저에게 말했습니다.

'바렌카, 이리 오렴!'

다이아몬드 머리띠를 하고 엘리자베타 같은 어깨를 가진 우리의 안주인이 큰 소리로 외쳤습니다. 바렌카는 문 쪽으로 갔고, 저도 그녀를 따라갔습니다.

'얘야, 네 아버지가 너와 마주르카를 출 수 있게 설득해 봐. 피터 블라디슬라보비치, 제발 그래 줘.'

바렌카의 어머니는 대령에게로 몸을 돌리며 말했습니다.

바렌카의 아버지는 매우 잘생기고 관리를 잘한 노신사였습니다. 그는 혈색이 좋았고, 니콜라이 1세 스타일로 말려 올라간 콧수염, 그리고 콧수염과 이어지는 흰색 구레나룻을 가지고 있었습니다. 머리카락은 이마 위로 빗어 넘겼고, 딸과 같은 밝은 미소가 그의 입술과 눈에 어려 있었습니다. 그는 군복을 입고 있었는데, 넓은 가슴에는 훈장 몇 개가 달려 있고 자태도 훌륭했습니다. 또 어깨는 떡 벌어지고 다리는 길고 늘씬했습니다. 그는 니콜라이 1세의 군율이 만들어 낸 최적의 군인 같았습니다.

우리가 문 쪽으로 다가갔을 때, 대령은 춤추는 법을 완전히 잊어버렸다며 거절하고 있었습니다. 하지만 그의 아내가 말을 건넨 순간, 그는 미소를 지으며 왼팔을 우아하게 휘둘러 승낙을 표했습니다. 그러고는 칼집에서 칼을 뽑아 근처에 서 있던 친절한 젊은이에게 건넨 뒤 오른손의 가죽 장갑을 매만졌습니다.

'모든 것은 규칙에 따라 해야 하지.'

그는 미소를 지으며 말했습니다. 그는 딸의 손을 잡고 약간 비스듬히 돌아서서 음악을 기다렸습니다.

마주르카의 첫소리에 그는 한쪽 발을 힘차게 굴렀고, 다른 쪽 발을 앞으로 내디뎠습니다. 처음에는 느리고 부드럽게, 그러다가 활기차고 빠르게 발을 구르고 부츠를 찰칵거리며 그의 우람하고 위엄 있는 모습이 방 전체를 가로질러 움직였습니다. 바렌카는 그와 함께 우아하게 움직이며 반짝이는 흰색 슬리퍼를 신은 작은 발을 이리저리 옮겨 디뎠습니다.

방 안의 모든 사람은 두 사람의 움직임에 시선이 멈췄습니다. 저는 단순히 감탄하는 것을 넘어, 황홀해하며 그들을 바라봤습니다. 특히 저는 노신사의 부츠에 감명받았습니다. 그것은 당시 유행하던 뾰족한 부츠가 아니라, 네모난 코에다 싸구려 가죽으로 만든 것이었습니다. '딸이 꾸미고 사교계에 나갈 수 있도록, 그는 유행하는 부츠를 사지 않고 집에서 만든 것을 신는구나.'라고 생각했습니다. 저는 그 네모난 코가 가장 감동적으로 보였습니다.

그는 분명 예전에 춤을 잘 췄을 겁니다. 하지만 이제 그는 살이 쪘고, 그의 다리는 마주르카의 아름다운 동작들을 받쳐 줄 만큼 탄력적이지 않았습니다. 그래도 그는 방을 두 바퀴 도는 데 성공했습니다. 방 한쪽 끝에서 다리를 벌리고 서 있다가 빠르게 발을 찰칵 부딪치며 한쪽 무릎을 꿇었고(조금 무겁게), 바렌카가 그 곁에서 우아하게 춤을 마무리하며 미소를 지은 채 치마를 정리하자 방 전체가 박수갈채로 가득했습니다.

그는 힘겹게 일어나서 딸의 얼굴을 두 손으로 부드럽게 잡은 뒤 그녀의 이마에 키스했고, 제가 바렌카의 마주르카 파트너라고 생각했는지 그녀를 저에게 데려왔습니다. 저는 아니라고 말했지만, '뭐, 상관없다. 그냥 바렌카와 방을 한번 돌아라.'라고 말하고는 친절하게 미소를 지으며 칼을 다시 칼집에 넣었습니다.

첫 방울을 부으면 병 안에 든 내용물이 쉽게 흘러나오듯이, 바렌카에 대한 저의 사랑은 제 안에 있는 모든 사랑의 힘을 해방하는 것 같았습니다. 그녀를 감싸 안으면서, 저는 세상을 포용하게 되었습니다. 저는 다이아몬드 머리띠와 엘리자베타 같은 어깨를 가진 안주인과 그녀의 남편, 손님들, 그리고 그녀의 하인들, 심지어 저에게 짜증을 느끼던 엔지니어 아니시모프까지 사랑스러웠습니다. 바렌카의 아버지, 네모난 코의 부츠와 바렌카와 너무나 닮은 친절한 미소를 가진 그에게 저는 거의 황홀할 정도의 연민을 느꼈습니다.

저녁 식사 후 저는 약속했던 카드리유를 그녀와 췄고, 이전에도 무한히 행복했지만 매 순간 더 행복해졌습니다.

우리는 사랑에 관해 이야기하지 않았습니다. 저는 그녀가 저를 사랑하는지, 저 자신에게도 그녀에게도 묻지 않았습니다. 제가 그녀를 사랑한다는 것을 아는 것만으로도 충분했습니다. 그런데 저는 단 하나 두려운 것이 있었습니다. 저의 이 큰 기쁨을 가로막는 어떤 일이 일어나지 않을까 하는 두려움.

저는 집에 가서 옷을 벗으면서, 잠들지 못할 거라는 걸 알았습니다. 저는 그녀의 부채에서 뽑은 작은 깃털과 그녀를 마차에 태워 줄 때 그녀가 저에게 건네준 장갑 한 짝을 손에 쥐고 있었습니다. 그것들을 바라보며 눈을 감지 않고도, 두 파트너 중 한 명을 선택해야 했을 때의 그녀 모습이 눈앞에 그려졌습니다. 그녀는 제가 어떤 감정인지를 짐작하려 했고, '자부심, 제 말이 맞나요?'라며 유쾌하게 손을 내밀던 그녀의 달콤한 목소리도 들을 수 있었습니다. 저녁 식사 때 그녀는 샴페인 잔을 들어 첫 모금을 마셨고, 애정 어린 눈빛으로 잔 가장자리 너머에 있던 저를 바라봤습니다. 하지만 무엇보다도 선명하게 그려진 것은, 그녀가 아버지와 함께 춤추는 모습이었습니다. 그분 옆을 미끄러지듯 움직이며, 감탄하는 구경꾼들을 자부심에 찬 행복한 시선으로 바라보는 모습이었지요. 그 부녀의 애틋하고 애정 어린 모습이 제 마음에 밀려들며 두 사람의 이미지가 하나로 합쳐지는 것 같았습니다.

저는 그때, 지금은 세상을 떠난 형과 함께 살고 있었습니다. 형은 외출을 싫어했고, 무도회에는 절대 가지 않았습니다. 게다가 그는 마지막 대학 시험을 준비하느라 바빴고, 매우 규칙적인 생활을 하고 있었습니다. 그는 잠들어 있었습니다. 저는 베개에 얼굴을 묻고 이불로 반쯤 몸을 덮은 그의 모습을 바라봤고, 제가 경험하고 있는 행복을 그가 모른다는 것에 애틋해하며 그를 동정했습니다. 우리 집 농노 페트루샤는 촛불을 들고 저를 맞이하며 옷을 벗겨 줄 준비를 하고 있었지만, 저는 그를 돌려보냈습니다. 그의 피곤해 보이는 얼굴과 헝클어진 머리는 저에게 너무나 감동적으로 보였습니다. 소리를 내지 않으려고 노력하며, 저는 발끝으로 조심조심 바닥을 디디며 제 방에 들어가 침대에 앉았습니다. 저는 너무 행복해서 잠을 잘 수가 없었습니다. 게다가 방이 너무 더웠습니다. 저는 옷을 벗지 않고 조용히 복도로 나갔고, 외투를 입은 뒤 현관문을 열고 거리로 나섰습니다.

무도회에서 나왔을 때 네 시가 넘었고, 집에 가서 잠시 머무르는 데 두 시간이 걸렸으므로, 제가 나섰을 때는 새벽이었습니다. 전형적인 마슬레니차 축제 날씨였습니다. 안개가 끼었고, 길은 녹아내린 눈 때문에 질퍽질퍽했으며, 처마에서는 물이 떨어지고 있었습니다. 바렌카의 가족은 도시의 변두리에 있는 큰 들판 근처에 살고 있었는데, 들판의 한쪽 끝은 연병장이었고, 다른 쪽 끝은 젊은 여자들을 위한 기숙학교였습니다. 저는 텅 빈 작은 거리를 지나 큰 도로로 나왔고, 거기서 길 가는 사람들과 나무를 실은 썰매들을 만났습니다. 썰매의 날이 길을 긁는 소리가 났습니다. 말들은 빛나는 멍에를 쓴 채 규칙적인 걸음으로 움직였고, 등은 짚자리로 덮인 채 머리는 비에 젖어 있었습니다. 한편, 긴 부츠를 신은 마부들은 썰매 옆의 진흙탕을 첨벙첨벙 걸어갔습니다. 이 모든 것, 말들조차도 저에게는 자극적이고 매혹적이며 암시로 가득 찬 것처럼 보였습니다.

바렌카의 집 근처 들판에 다다랐을 때, 저는 연병장 방향의 들판 한쪽 끝에 있는 매우 크고 검은 무언가를 보았고, 그곳에서 피리 소리와 북소리가 들려왔습니다. 제 마음은 노래로 가득 차 상상 속에서 마주르카의 선율을 들었지만, 그것은 매우 거친 음악이었고 그리 유쾌하지 않았습니다.

저는 '저게 뭘까?' 생각했고, 들판 중앙의 미끄러운 길을 따라 소리가 나는 쪽으로 걸어갔습니다. 백 걸음쯤 걸었을 때, 안개 사이로 검은 물체들이 보이기 시작했습니다. 그들은 분명 군인이었습니다. '아마도 훈련 중일 거야.' 라고 생각했습니다. 그래서 저는 더러운 코트와 앞치마를 입고 무언가를 들고 있는 대장장이와 함께 그 방향으로 걸어갔습니다. 그가 저보다 앞서 걸어갔고, 우리는 군인들과 가까워졌습니다. 검은 제복을 입은 군인들은 두 줄로 서로 마주 보며 움직임 없이 서 있었고, 총은 '차렷 총' 상태였습니다. 그들 뒤에는 피리와 북을 연주하는 군인들이 서 있었고, 불쾌한 선율을 끊임없이 반복하고 있었습니다.

'뭘 하는 겁니까?'

저는 제 옆에 멈춰 선 대장장이에게 물었습니다.

'타타르인이 탈영을 시도했다가 매질을 당하고 있는 중이오.'

대장장이는 화난 어조로 대열의 먼 끝을 주의 깊게 바라보며 말했습니다. 저도 같은 방향을 바라봤고, 대열 사이에서 저에게 다가오는 끔찍한 무언가를 보았습니다. 그것은 윗옷이 벗겨진 남자였는데, 두 군인의 총에 끈으로 묶여 있었습니다. 그의 옆에는 외투와 모자를 쓴 장교가 걷고 있었는데, 그의 모습이 낯익었습니다. 타타르인은 양쪽에서 쏟아지는 매질을 받으며 나아갔고, 그의 온몸은 요동치고 눈길에 발을 질질 끌며 끌려갔습니다. 그가 뒤로 넘어지면 그를 이끄는 군인들이 그를 앞으로 밀어냈고, 앞으로 넘어지면 확 낚아채 끌어올렸습니다. 그러는 동안에도 키 크고 단정하며 힘찬 걸음으로 걷는 장교가 그의 곁을 따라 걸었습니다. 그는 바로 바렌카의 아버지, 장밋빛 얼굴과 하얀 콧수염을 가진 그 대령이었습니다.

매번 매질이 가해질 때마다 타타르인은 고통으로 얼굴을 찡그리며 매질이 온 쪽으로 얼굴을 돌렸고, 흰 이를 드러내며 같은 말을 반복했습니다. 하지만 그가 아주 가까이 왔을 때에야 비로소 저는 그가 무슨 말을 하는지 알아들을 수 있었습니다. 그것은 말이라기보다는 흐느낌에 가까웠습니다.

'형제들이여, 저를 불쌍히 여기소서! 형제들이여, 저를 불쌍히 여기소서!'

하지만 형제들은 불쌍히 여기지 않았고, 행렬이 제 가까이 왔을 때 저는 제 맞은편에 서 있던 군인이 힘차게 한 발짝 앞으로 나아가 몽둥이를 휘둘러 남자 등에 내리치는 것을 보았습니다. 남자는 앞으로 넘어졌지만 군인들이 그를 뒤로 끌어당겼고, 다른 쪽에서 또 다른 매질이 가해졌습니다. 그다음에는 이쪽에서, 그리고 저쪽에서 몽둥이가 날아들었습니다. 대령은 그의 옆에서 행진하며 때로는 자신의 발을, 때로는 남자를 바라보며, 공기를 들이마시고 뺨을 부풀린 뒤 튀어나온 입술을 사이로 숨을 내뱉었습니다. 그들이 제가 서 있던 곳을 지날 때, 저는 매질당하는 남자의 등짝을 잠깐 보았습니다. 그것은 너무나 여러 색깔이었고, 피에 젖고 부자연스러워서, 저는 그것이 인간의 몸이라는 것이 믿어지지 않았습니다.

'맙소사!' 대장장이가 중얼거렸습니다.

매질은 몸부림치며 쓰러지는 생명체 위에 계속해서 쏟아졌습니다. 피리는 날카롭게 울고 북은 둥둥 울렸으며, 대령의 우람하고 위엄 있는 모습은 이전과 똑같이 타타르인을 따라 움직였습니다. 그러다가 갑자기 대령이 멈춰 서서 대열 안에 있던 한 남자에게 빠르게 다가갔습니다. 저는 그의 격노한 목소리를 들었습니다.

'내가 너한테 때리는 법을 가르쳐 주마. 너, 그렇게 쓰다듬을 거냐? 그래?'

그리고 저는 그의 가죽 장갑을 낀 억센 손이, 타타르인의 붉어진 몸에 강하게 몽둥이를 내리치지 않은 나약하고 핏기 없는 겁에 질린 군인을 때리는 것을 보았습니다.

'새 몽둥이 가져와!'

그가 외쳤고, 주위를 둘러보다가 저를 보았습니다. 그는 저를 모르는 척하며, 화난 듯이 사납게 찌푸리며 황급히 등을 돌렸습니다. 저는 너무나 심한 수치심을 느껴서 눈을 어디다 둬야 할지 몰랐습니다. 마치 제가 수치스러운 행동을 하다가 들킨 것 같았습니다. 저는 눈을 내리깔고 서둘러 집으로 향했습니다. 내내 제 귀에는 북소리가 울리고 피리 소리가 휘파람처럼 들렸습니다. 그리고 저는 '형제들이여, 저를 불쌍히 여기소서!' 또는 '너 그렇게 쓰다듬을 거냐? 그래?'라는 말을 되뇌었습니다. 제 마음은 구역질이 날 것 같은 혐오감으로 가득 찼습니다. 저는 그 광경에 대한 공포 때문에 정말로 토할 것 같은 느낌이 들어, 가는 길에 여러 번 멈춰 섰습니다. 제가 어떻게 집에 가서 침대에 누웠는지 기억나지 않습니다. 하지만 잠이 들려는 순간, 저는 제가 보고 들었던 모든 것이 다시 생각나 벌떡 일어났습니다. 저는 대령에 대해 생각했습니다.

'분명히 그는 내가 모르는 무언가를 알고 있을 거야. 나도 그가 아는 것을 안다면 내가 방금 본 것을 분명히 파악하고, 이해하고, 그래서 나에게 이런 고통을 주지 않을 텐데.'

하지만 아무리 생각해 봐도 저는 대령을 이해할 수 없었습니다. 그때나 그 이후로도요. 그랬기 때문에 저는 제가 의도했던 대로 군 복무를 지원할 수 없었습니다. 저는 군 복무뿐만 아니라 민간 공직에도 들어가지 않았습니다. 그래서 보시다시피 저는 전혀 쓸모없는 사람이 되고 말았습니다."

우리 중 한 명이 말했다.

"네, 당신이 얼마나 쓸모없었는지 압니다. 차라리 당신이 없었다면 얼마나 많은 사람이 쓸모 있게 되었을지 말해 주세요."

이반 바실리예비치는 진심으로 짜증을 내며 말했다.

"오, 그건 완전히 말도 안 되는 소리예요."

"글쎄요, 그럼 연애 사건은 어떻게 됐습니까?"

"저의 사랑이요? 그날 이후로 사그라들었습니다. 종종 그녀가 꿈꾸듯 사색에 잠긴 것처럼 보일 때, 저는 즉시 그때의 대령을 떠올렸고, 저는 너무 어색하고 불편해져서 그녀를 점점 안 만나기 시작했습니다. 그렇게 제 사랑은 허무하게 끝났습니다. 네, 그런 우연한 일이 생겨서…… 그것이 한 사람의 일생을 바꾸고 이끌어 갑니다."

그는 결론을 내리며 말했다.

"그리고 당신은……."

2. 대립하는 배경 - 밤의 무도회와 아침의 거리

무도회 장면은 러시아 문학에서 자주 등장하는 중요한 배경이다. 무도회는 겉으로는 신나는 음악과 춤, 화려한 의상과 형식적인 예법이 어우러져 귀족 사회의 세련된 모습을 보여준다.

> 그분은 친절하고 부유하며 손님 접대를 잘했지요. 그분만큼이나 마음씨 좋은 부인도 손님들을 정성껏 맞았습니다. 그녀는 짙은 자주색 벨

벳 드레스를 입고 있었고, 이마에는 다이아몬드 머리띠를 두르고 있었죠. 그녀의 통통하고 엄청 하얀 어깨와 가슴이, 마치 표트르 대제의 딸인 엘리자베타 여제의 초상화처럼 드러나 있었습니다.

정말 멋진 무도회였습니다. 아름다운 공간이었고, 그 당시 유명했던 오케스트라도 자리를 채우고 있었습니다. 그 오케스트라는 음악에 관심 있는 지주가 자신의 농노들로 만든 것이었습니다. 다과도 훌륭했고 샴페인은 강물처럼 흘러넘쳤지요.

이처럼 무도회는 러시아 상류사회의 풍요로움과 세련됨을 집약한 공간이었다. 그러나 그 화려함은 권력의 어두운 본모습을 은폐하는 가면이기도 했다. 톨스토이는 〈무도회가 끝난 뒤〉에서 이 무도회를 단순한 사교 장치가 아니라 폭력을 은폐하는 수단으로 활용한다.

바렌카의 아버지인 대령의 모습은 이 작품에서 핵심적인 대조를 잘 보여준다. 무도회 속 대령은 품위 있는 신사이자 자상한 아버지처럼 보인다. 늠름한 체격을 가진 노년의 신사가 딸과 함께 춤추는 모습에 감동한 서술자의 묘사를 통해 독자는 그의 권위와 매력을 느끼게 된다. 서술자인 이반 바실리예비치가 바라보는 대령은 딸을 위해 신식 부츠를 포기하고, 나이가 들어 예전만큼 멋지게 춤을 추지는 못해도 딸을 사랑하고 배려하며 함께 춤추는 다정한 아버지이다.

그러나 이튿날 아침, 대령은 타타르인에게 잔혹한 구타를 명령하는 권력자의 모습으로 등장한다. 타타르인은 몽둥이로 두들겨 맞아 피투성이인 채 끌려가고, 대령은 폭력 행위에 적극적으로 동참하지 않는 병사가 제대로 체벌하도록 위협하는 잔혹한 처벌의 주체자 모습을 보여준다. 대령의 이런 이중성은 러시아 제국 체제 자체의 이중성을 드러낸다고 볼 수 있다.

3. 니콜라이 1세 치하의 러시아

작품 속 대령 집안의 모습이 지속적으로 러시아 황제의 모습에 빗대어진다는 점을 고려하면 작가의 의도는 뚜렷해 보인다.

> 바렌카의 아버지는 매우 잘생기고 관리를 잘한 노신사였습니다. 그는 혈색이 좋았고, 니콜라이 1세 스타일로 말려 올라간 콧수염, 그리고 콧수염과 이어지는 흰색 구레나룻을 가지고 있었습니다. 머리카락은 이마 위로 빗어 넘겼고, 딸과 같은 밝은 미소가 그의 입술과 눈에 어려 있었습니다. 그는 군복을 입고 있었는데, 넓은 가슴에는 훈장 몇 개를 달려 있고 자태도 훌륭했습니다. 또 어깨는 떡 벌어지고 다리는 길고 늘씬했습니다. 그는 니콜라이 1세의 군율이 만들어 낸 최적의 군인 같았습니다.

1840년대 러시아는 차르 니콜라이 1세가 지배하던 시기였다. 니콜라이 1세의 통치를 이해하기 위해서는 먼저 그의 전임자인 알렉산드르 1세 시대를 살펴볼 필요가 있다. 니콜라이 1세의 형인 알렉산드르 1세는 후기 계몽주의의 분위기에서 성장하여 통치 초기에는 개혁에 대한 기대가 컸으나, 시간이 지나며 보수적인 노선이 강화되었다. 이에 실망한 청년 장교들과 지식인들은 비밀 결사를 조직해 개혁을 추진하려 했고, 이것이 '데카브리스트의 난'으로 이어졌다. 그러나 알렉산드르 1세가 예정된 봉기 직전에 갑작스럽게 사망하면서 지위 계승에 혼란이 생겼고, 군인으로 길러진 니콜라이 1세가 왕위에 오르게 된다.

니콜라이 1세는 알렉산드르 1세와 여러 면에서 대비되었다. 형과 달리 나폴레옹에 대항한 전쟁과 보수주의가 강화되는 분위기에서 성장한 니콜라이 1세는 반란 속에서 즉위하며 혁명에 대항하는 강력한 전제정치를 실시한다. 그는 교육부장관 우바로프가 제시한 '관제 민족주의'를 국가 이념으로 받아들이며 차르(황제)의 권력을 '도덕적이고 가정적인 아버지의 권위'처럼 신성화하려 했다. 관제 민족주의는 '정교회, 전제정치, 민족주의'의 세 가지 원칙을 포함하는데, 간단히 요약하면 '이성의 시대를 거부하고, 국민은 순종적이지만 강력한 통제를 필요로 하는 존재로 보았으며, 차르는 엄격하지만 자애로운 보호자라는 관념이 강조되었다.'

이러한 이념 아래에서 러시아는 군국주의적이고 전제주의적인 방식으로 운영되었으며, 이는 그의 통치기에 강화된 검열과 헌병대 및 제3부의 활동에서 두드러지게 드러난다. 체제 전복을 두려워한 그는 신뢰하는 소수 측근 중심으로 국정을 처리했으며, 말년에는 핵심 요직이 군인 출신으로 채워졌다. 또한 니콜라이 1세 시기 급격히 성장한 황제원 중 제3부는 사실상 정치경찰 역할을 하며 국민과 관리들의 행동을 감시했다. 학문과 출판은 강화된 검열 아래 놓였고, 대학의 자율성도 크게 약화되었다. 특히 1848년 유럽의 혁명 이후에는 외부 사상의 유입을 막기 위해 해외여행을 금지하고 검열에 대한 검열까지 실시되는 등 통제가 더욱 강해졌다.

그러나 이러한 강압적 통치는 결국 러시아의 근대화를 막았다. 유럽은 빠르게 산업화와 개혁을 진행했지만, 니콜라이 1세의 러시아는 내부 개혁 없이 정체 상태에 머물렀다. 그 결과, 러시아는 크림전쟁에서 서구의 근대적 군대에 패배했고, 이로써 전제정치의 정당성이 크게 흔들리며 개혁의 필요성이 드러났다.

니콜라이 1세는 전쟁 중 사망했고, 후계자인 알렉산드르 2세는 농노제 폐지 등 여러 개혁을 시도했으나 지주와 농노 모두를 만족시키지 못했다. 알렉산드르 2세는 자유로운 분위기 속에서 오히려 다시 억압적인 정책을 펼쳤다. 하지만 사회적 불만은 오히려 더 커졌고, 러시아는 20세기 혁명으로 향하는 불안정한 흐름 속에 놓이게 되었다.

〈무도회가 끝난 뒤〉가 집필된 1903년은 바로 이러한 역사적 모순이 폭발하기 직전, 즉 1905년 러시아 혁명 직전의 시기였다. 1828년생인 톨스토이는 니콜라이 1세 시대를 온몸으로 겪었다. 그는 어린 시절부터 전제정치, 정치경찰, 검열, 군국주의, 그리고 겉으로는 품위 있고 세련된 귀족 문화 뒤에 숨은 국가 폭력을 직접 보았다. 〈무도회가 끝난 뒤〉 속 구타 장면은 바로 이러한 시대의 이중성을 상징한다. 무도회의 화려함과 예절이 보여주는 귀족 사회의 겉모습 뒤에 국가 권력의 강압적 통제가 자리하고 있었고, 이튿날 아침 드러나는 군인들의 잔혹한 폭력은 개인적 일탈이 아니라 그 체제의 본질을 드러내는 장면이라 할 수 있다.

4. 양심적인 삶의 선택

〈무도회가 끝난 뒤〉에서 이반이 목격한 폭력은 당시 러시아 사회의 분위기와 맞닿아 있다. 니콜라이 1세 치하의 러시아는 질서와 복종이 강요되던 시대였고, 군대가 국가 운영의 중심에 놓여 있었다. 사소한 일상에서조차 국가의 검열과 감시에서 벗어날 수 없었다. 작품 속 군인들의 폭력은 이반이 이전까지 인식하지 못했던 러시아 사회의 불편한 진실을 처음으로 마주하게 한다.

톨스토이는 《신의 나라는 네 안에 있다》에서 국가가 어떻게 유지되는지 설명한다. 그는 국가가 국민을 통제하기 위해 다음의 네

가지 방법을 사용한다고 보았다. 협박을 통해 질서를 어기는 사람을 처벌하고, 세금을 관리들에게 제공하여 관료와 상류층이 옹호하도록 만들며, 교육과 종교를 이용해 국가가 요구하는 가치와 복종을 자연스러운 것으로 받아들이게 한다. 그리고 이 과정을 통해 국민이 스스로 폭력을 실행하는 사람, 즉 군인이 되고 싶어 하도록 만든다. 톨스토이는 이 네 가지 방법이 서로 맞물리면서 사람들은 기존 질서를 의심하지 못하고, 국가의 폭력을 마치 자연스러운 일처럼 받아들이게 된다고 했다.

작품 속 이반이 마주한 폭력도 바로 이러한 구조 속에서 이해된다. 마슬레니차 축제의 노래와 군인의 구타가 한 장면 안에 뒤섞였던 것은 단순한 우연이 아니다. 이 폭력 속에서 수치심을 느끼는 사람은 폭력을 행사한 대령이 아니라, 그 장면을 목격한 이반이다. 그는 축제의 음악과 사람들의 웃음 속에서 벌어진 폭력을 통해 러시아 사회에 뿌리 깊게 자리한 모순을 인식하고, 이를 지켜보며 침묵한 자신 역시 방관자였다는 사실을 깨닫는다.

그는 체제 안에서 승진할 기회를 갖고 있었음에도, 그날 이후 군대와 결혼, 그리고 장래의 성공을 모두 포기한다. 이반의 선택은 체제의 모순을 지켜본 뒤 참여하지 않기로 한 결정으로, 톨스토이의 무저항주의와 정확히 맞닿아 있다.

톨스토이는 혁명을 통해 이 문제를 근본적으로 변화시킬 수 없다고 말한다. 국가의 폭력을 없애기 위해 폭력적 혁명을 일으켜도,

권력을 잡은 새 집단이 다시 군대를 장악하고 같은 방식으로 폭력을 행사하게 되기 때문이다. 그래서 톨스토이는 진정한 저항은 외부 환경의 변화가 아니라 폭력 체제에 참여하지 않는 것, 즉 기독교적 윤리에 따라 '하지 않을 것'을 선택하는 데서 출발한다고 강조한다. 폭력에 가담하지 않는 개인들이 조금씩 늘어날 때, 국가의 네 가지 유지 수단으로는 그들을 강제로 움직일 수 없으므로 폭력의 기반이 흔들리기 시작한다는 것이다. 혁명이 바깥에서 체제를 공격하는 데 비해, 무저항의 양심적 삶은 국가 체제가 의지하고 있는 기초를 내부에서 서서히 해체한다는 점에서 더욱 강력한 변화라는 것이다.

이반의 선택은 바로 이 지점과 맞닿아 있다. 화려한 무도회와 잔혹한 폭력을 모두 본 뒤, 그는 국가의 폭력성을 자각하고 악행을 묵인하는 침묵과 폭력적 권력에 복종하는 삶을 거부한다. 악의 구조에 편입되지 않기 위해 양심에 따른 삶을 선택한 것이다.

결국 〈무도회가 끝난 뒤〉는 단순한 사랑 이야기가 아니다. 무도회의 화려한 장면은 폭력을 은폐하는 가면이고, 아침의 구타 장면은 러시아 전제정치의 실체를 드러낸 사건이다. 그리고 주인공인 이반이 병역과 사랑을 포기하는 것은 체제에의 불참, 즉 비폭력적 불참을 통한 도덕적 저항이었다.

오늘날에도 '폭력적 질서에 따를 것인가, 아니면 양심을 지킬 것인가?'라는 질문은 여전히 유효하다. 이 작품은 독자에게 이렇게 말하는 듯하다. 사회의 잘못에 순응하지 말라고. 쉬운 길이 아닌 옳은 길로 가야 한다고.

참고 문헌

김상현, 〈톨스토이 문학 속에 비친 무도회 장면의 시학적 특징 – 《유년 시절》과 〈무도회가 끝난 뒤〉를 중심으로〉, 《슬라브학보》 36권 1호, 한국슬라브유라시아학회. 2021.

김연경, 《19세기 러시아 문학 산책 – 근대, 인간, 소설, 속악》, 민음사, 2020.

끄로포뜨낀(문석우 옮김), 《러시아문학 오디세이 – 고대에서 20C까지)》, 작가와비평, 2011.

니콜라스 V. 랴자놉스키, 마크 D. 스타인버그(조호연 옮김), 제8판 《러시아의 역사 (상)》, 까치글방, 2011.

레프 니콜라예비치 톨스토이(연진희 옮김), 《안나 카레니나》 1~3, 민음사, 2009.

레프 니콜라예비치 톨스토이(이항재 옮김), 《사람은 무엇으로 사는가》, 문학동네, 2022.

레프 니콜라예비치 톨스토이(박홍규 옮김), 《신의 나라는 네 안에 있다》, 들녘, 2016.

마크 갈레오티(이상원 옮김), 《짧고 굵게 읽는 러시아 역사》, 미래의창, 2021.

석영중, 《톨스토이, 도덕에 미치다》, 예담, 2009.

윤새라, 《도스토옙스키와 톨스토이 – 장편소설 속 만남과 헤어짐》, 한양대학교출판부, 2019.

이현우, 《로쟈의 러시아 문학 강의 19세기 – 푸슈킨에서 체호프까지》, 현암사, 2014.

조주관, 《러시아 문학의 넓이와 깊이 – 주제로 읽는 새로운 러시아 문학사》, 세창출판사, 2023.

세계문학을 읽다 18

톨스토이를 읽다

1판 1쇄 발행일 2025년 12월 22일

지은이 김재우 김지원 박종연 송지한

발행인 김학원
발행처 (주)휴머니스트출판그룹
출판등록 제313-2007-000007호(2007년 1월 5일)
주소 (03991) 서울시 마포구 동교로23길 76(연남동)
전화 02-335-4422 **팩스** 02-334-3427
저자·독자 서비스 humanist@humanistbooks.com
홈페이지 www.humanistbooks.com
유튜브 youtube.com/user/humanistma
페이스북 facebook.com/hmcv2001
인스타그램 @humanist_insta

편집책임 문성환 **편집** 윤무재 **디자인** 차민지
조판 아틀리에 **용지** 화인페이퍼 **인쇄** 청아디앤피 **제본** 민성사

ISBN 979-11-7087-415-7 44800
979-11-6080-836-0 (세트)